시간의 사원

시간의 사원

발행일	2020년 9월 16일

지은이	신용식		
펴낸이	손형국		
펴낸곳	(주)북랩		
편집인	선일영	편집	정두철, 윤성아, 최승헌, 이예지, 최예원
디자인	이현수, 한수희, 김민하, 김윤주, 허지혜	제작	박기성, 황동현, 구성우, 권태련
마케팅	김회란, 박진관, 장은별		
출판등록	2004. 12. 1(제2012-000051호)		
주소	서울특별시 금천구 가산디지털 1로 168, 우림라이온스밸리 B동 B113~114호, C동 B101호		
홈페이지	www.book.co.kr		
전화번호	(02)2026-5777	팩스	(02)2026-5747

ISBN	979-11-6539-400-4 03810 (종이책)	979-11-6539-401-1 05810 (전자책)

이 도서의 국립중앙도서관 출판예정도서목록(CIP)은 서지정보유통지원시스템 홈페이지(http://seoji.nl.go.kr)와 국가자료공동목록시스템(http://www.nl.go.kr/kolisnet)에서 이용하실 수 있습니다. (CIP제어번호: CIP2020039188)

신용식 시집

시간의 사원

북랩 book Lab

축시

그대 내게 오기를

詩人 최홍석

나는 기다렸어
당신이 내게 오기를
내게는 숲도 없고 그늘도 없지만
그대가 내게로 온다면
온몸을 다해 그늘이 되겠는데
나는 기다립니다
허구 많은 사람들 가운데
오솔길을 따라 휑한 신작로를 지나서
빤히 보이는 내게로 당신이 오시기를
어디를 헤맬까 염려하는 내게로 오시기를
기다림에 지쳐서 공허해진 나를 달래러
그대 지금 오시기를

들어가면서

이 책은 시(詩)가 아니다. 시(詩)라는 표현은 나의 욕망일 뿐이다. 내 삶의 향기일 뿐이다. 지나간 삶을 되돌아보면서 넋두리를 읊조린 것일 뿐, 그 이상도 그 이하도 아니다.

이 책은 예술도 문학도 아니다. 한 남자의 가슴 시린 이야기일 따름이다. 그러나 진실한 마음으로 한 땀, 한 땀 일구며 퇴고를 했다.

어릴 적부터 차가운 바람을 많이 맞았다. 누구의 가슴엔들 이슬 맞은 꽃의 비애가 맺혀 있지 않겠는가만, 나의 가장 소중한 것(엄마)을 빼앗겼다. 나의 얼굴을 보아 줄 사람이 바람이 되어 버렸다. 자식도 잃을 뻔했다. 내 사랑도 잃을 뻔했다. 나의 소중한 것, 빼앗기기 싫은 것들을 알게 되면서 두려움도 알게 되었다.

거친 바람에 대항하며 싸움꾼에서 해병대로, 장사꾼에서 몰락으로, 노조의 선동자로, 종교의 신봉자에서 스승님의 제자로, 공부로 학위, 자격증을 취득하며 뜨겁게 살았으니 후회 따위는 나와는 거리가 멀지만, 공허의 메아리도 승자도 패자도 없는 전쟁터를 누비며 살았다.

지천명을 넘어 이제야 알 것 같다. 내 투쟁의 대상이 불안과 두려움으로부터 내가 지키고 가꾸어야 하는 것을 외부에서 찾을 수 없다는 것을. 이제 정복자가 되어 무장하여 나서기보다는 멈추기 위해서, 즐기기 위해서, 나의 걸음걸이를 아주 천천히 아주 조용히 은둔하듯 살고자 한다.

내가 먼저 살기 위해서 버려야 했던 부모와 형제, 죽마고우 (竹馬故友)들, 은혜를 베풀어 주신 분들에게 감사하며, 그 아픔 또한 되돌려 받기 위해 나는 나만의 십자가를 어깨 위에 걸쳐 메었다.

이 책에는 아무것도 없다. 철학과 이상향의 밝은 지시등도, 문법과 음률, 압축 등 시의 규정도 미학도 아무것도 없다. 그 모든 것은 온전히 독자의 몫이다. 슬픔으로 잡으면 눈물이 흐를 것이고, 기쁨으로 잡으면 흐뭇할 것이고, 두려움으로 잡으면 어둠이 엄습할 것이고, 흠을 잡으면 쓰레기통으로 던져질 것이다.

내 글의 애독자 아내와 출판비를 흔쾌히 보내 준 사회 초년생 두 아들 민창, 민수에게 부끄럽지 않은 아비였음을 자부하며 이 책을 바친다.

2020년 9월
좌사 신용식

제1부
시간의 집에서

제2부
부모에의 자식

제3부
내 삶의 향기는 날고

제4부
사랑같이 보이는 게 사랑이던가?

제5부
나의 눈물도 사랑이었네!

제6부

나는 나의 춤을 추겠다

제7부
시인(詩人)

제8부
조선의 여인

제9부
가을이 오면

제10부
스승님의 발아래에서

제1부

시간의 집에서

「시간의 집 1」

묘비명 – 마지막 꿈

이 아름다운 지구의 행성에 와서
사랑받고 사랑하면서
행복하였다.

'남겨진 자들에게 부끄럽지 않기를'
나의 꿈을 그대들에게
남긴다.

2046년 가을날에

하교(下敎)를 기다리며

아랫눈썹 밑으로 실눈 하나가 떴다
까만 눈동자가 하얀 꽃망울을 풀어헤쳐 놓았다.

이마의 주름살과 백발의 비녀가 버거워서
허리를 굽히고 머리를 떨군 노인이
산 중턱 언덕배기에 앉았다가
손님 마중하러 내려가는 길,
쭈글쭈글한 고랑 사이로 숨은 미소는
접시꽃, 백일홍의 발자취를 따라
추수가 끝난 밤나무, 대추나무를 지나서
시냇가를 넘어서니
빛과 어둠의 불그스름한 입맞춤,
무심의 바람결에 휘날리는 발걸음은
하늘이 맡겨 놓은 짐이 가벼웠던 것을 떠올린다

황혼이 눈 뜨며 펼쳐 놓은
길게 늘어진 그림자를 밟으며
동쪽 땅바닥만 내려다보는 것은
자신의 것은 아무것도 없음을 확인하며
두 손으로 뒷짐을 꽉 잡았는데
입 다문 콧잔등엔
지난날의 삶들이 대롱대롱 매달렸다네!

조금만 더 내려가면 종착지
그곳 벤치에 앉아
바람에 춤추는 구름을 응시하면서
아직 도착하지 않은 손님을 기다리겠지!

허(虛)의 손길 – 나는 나를 지운다

씨앗을 뿌리는 당신은 누구인가요?
백치에서 나에게로 이끌었던 당신은 누구인가요?

낯선 세계의 문이 열리면서 내 것이 아닌 곳에서
기쁨과 슬픔의 두 눈으로 나를 찾기 위해 두리번거리며
뿌리가 없는 허의 공간에서 홀로 의지처를 찾으며
나는 나의 몸을 잡기 위해 온몸을 다해 울었던가요?

귀가 열리고 눈을 뜨면서 무엇인가를 알게 되고
뒤뚱뒤뚱 내가 아닌 낯선 몸을 만져보고 느낄 때
아무것도 없는 허의 손길이 나를 일으켜 세우고
신비한 몸으로 웃게 하였던 당신은 누구인가요?

어느덧 세월은 꽃을 떨구고 생명의 나루터에 앉아서
소용돌이치며 지나간 그것들과 이별의 눈을 맞추게 하고
이 순간의 행복에 젖은 입술에는 눈물의 맛을 알게 하고
아직 시간이 빛나고 있을 때 나를 지우게 하는가요?

씨앗을 거두는 당신은 누구인가요?
나에게서 당신에게로 이끌어 가는 당신은 누구인가요?

환경호르몬

얼굴이 구름처럼 바람을 타고서는
나에게서 멀어져 간 얼굴은 다시는 되돌아오지 않았다
일그러진 네 얼굴에서 나는 알았네
불행이었음을, 나는 불행을 부르고 있었음을…

눈빛이 화살처럼 과녁을 겨누고
나에게서 떠나간 눈빛은 다시는 되돌아오지 않았다
그 과녁의 울림에서 나는 알았네
슬픔이었음을, 나는 아픔을 뿌리고 있었음을…

말은 총알처럼 튕겨 나가서는
나에게서 뱉어진 말은 다시는 되돌아오지 않았다
되돌아오는 파편에서 나는 알았네
상처였음을, 나는 돌을 던지고 있었음을…

나에게서 퍼져 나간 모든 감정의 부유물들이
언젠가는 서로 부딪힌 찌꺼기 한 올 남김없이 되돌아와
새싹처럼 피어나는 것을 나는 알았네
오늘은 거두어들이면서, 내일을 뿌리고 있었음을…

비밀의 언덕

사람아, 가슴이 불타올라 주체할 수 없으면
나의 열린 언덕으로 오라
와서, 나의 빈 가슴을 훔쳐 가라

사랑아, 한쪽의 날개가 찢기어 아픔이 있으면
나의 열린 언덕으로 오라
와서, 넘쳐나는 자유를 채워 가라

아들아, 세상살이에서 안식처가 필요할 때면
나의 열린 언덕을 두드려라
오라, 나의 자리를 비워 주리라

딸아, 떠나간 사랑이 그리워서 서러울 때면
나의 열린 언덕으로 오라
와서, 남긴 것 없는 하늘을 품어 가라

사람아, 사랑아, 아들과 딸아, 머물다 가라
내 유골에 세긴 언약의 반지와
빛나는 머리카락과 향수도 내어주리니

이 언덕에 누워서 기다리는 나에게로 오라

우리는 서로의 어깨에 기대어 있으며
언젠가는 여기에서 다시 만나야 하리니

시간의 옷

시간의 재봉틀로 재단되어
수선할 수 없어 벗어 놓는 옷

젖은 몸을 말리는 가을의 시간
째각째각 옷고름 풀리는 소리

한번 입은 옷, 두 번 입을 수 없기에
한번 벗은 옷, 다시 입을 수 없기에

햇볕에 그을린 얼굴을 지우며
연지 곤지 찍는 영원의 언약으로

새 하늘로 떠나기 전
옷 갈아입는 시간,

가락지 낀 손가락을 펼쳐 보일 때
한 생이 뚝!

생의 사연을 받아쓴
엽서가 비상한다

파동 – 살아 있는 것은 흔들린다

태양의 얇은 입술로 노을을 낳고
붉히는 생의 얼굴로 무언을 남긴다

가슴에 떨어진 여운은 파문을 일으키고
애틋하게 밀려오다 달려드는 것을
그리고 또 덤벼드는 것을
막을 수 있는 방파제가 없어
미풍에도 상념의 파동을 일깨워서
나의 정신을 뒤흔들어 놓고 가라앉는데,

어제 그리고 지금, 이 순간에도
내 정신의 기둥이
술 취한 듯 비틀거리는 것은
아상(我相)에 뿌리를 내린 것들이었다

어머니, 당신은 알고 계시는지요?

어머니, 당신의 모태에
단 하나의 생명을 잉태하셨지요?
형체가 나타나고
머리가 생기고 손과 발도 생기고
뼈도 만들고 눈과 코와 입도 나오고
누가, 그 무엇이 있어.
내장 기관과 호흡 기관도 만들면서
사람을, 사람답게 창조하였는지요?

어머니, 당신의 탯줄에
둘도 아닌 하나로 연결이 되었었지요?
생명을 부여받아
정신은 미완성으로 감추어 놓고
완벽한 인간의 형태를 갖춰서
누가, 그 무엇이 있어,
긴장 없는 이완의 천국에서 내몰아
출항 준비로 몸단장을 하셨는지요?

어머니, 당신에 의한 생은
어디에서부터 시작이 되었는지요?
운명을 물려받아
흐르는 시간에 몸을 맡겨

밤과 낮의 젖꼭지를 물려 키운 것은
누가, 그 무엇이 있어,
두 발로 서고 서로2 교대로 걷는 것을
가르쳐 준 그 무엇을 알고 계시는지요?

악마와 대장간 장인

풀무질은 언제부터 시작되었나요?

지금도 애타는 심장을 녹이며 스치는 바람 따라 망치 소리
는 안으로 울려 퍼지고 벌겋게 일그러진 얼굴로 하늘을 달굽
니다

나를 불 속에 던져 놓고서는 나를 만들어 가는 손길이 너
무 매정하여 뒤틀리는 심사는 순종이 아니라 항거를 낳았습
니다

모루 위에 걸쳐 놓고 매질을 하여도 물속에 얼굴을 묻고
담금질을 하여 단련시켜도 다시 만들어지는 일은 없을 것입
니다

인간을 인간답게 만들어 가려는 보이지 않는 손길에 이끌
려 여기까지 왔지만, 자신을 스스로 불 속으로 밀어 넣기 전
에는 기적은 일어나지 않을 것입니다

미풍이 떨구어 준 향기로운 과즙에 취하여 제아무리 두들
겨 패도 깨어지지 않을 정신을 소유한 나는 풍류를 즐기는
악마이기 때문입니다

아직도 갈 길은 멀게 보이고 불은 화로를 달구어 망치로 뒤틀리는 몸을 이리저리 두들기고 지글지글 끓는 물소리에 정신이 깨어납니다

억만 겁을 부순다면 조그만 틈이 생길지 모르겠지요, 당신의 창조에 왜 나의 괴로움을 합쳐야 하는지요, 그냥 냅다 버리면 땀 흘리지 않아도 될 텐데요

나는 나이어요, 풀무질은 몸뚱이가 사라져도 영원으로 돌아가겠지요?

상념의 꽃

밀알에서 새싹이 움트면
가지가 팔을 뻗어 매달아 놓은
꽃송이들 재잘거려도
꿀 따러 온 꿀벌들
뿌리가 없어 앉을 수 없다

낮에는 낮의 걸음걸이로
밤에는 밤의 설렘으로
제아무리 꽃을 피우고 피워도,
휙!
한순간에 사라지는 꽃이여,
위기의 꽃이여, 몽환의 꽃이여!
내 상념의 덫에 내가 아파한다

백 년을 넘지 못하는
남은 생애는
할 수만 있다면
마지막 유언을 지우듯이
유령같이 일어났다가 사라지는
그림자의 사유일랑은 버리고 가리

강가에서

바람이 불어와
생을 흔들어 삶을 떨구어 놓았다

생(生)과 사(死)는
양쪽 기슭에서 한 몸을 이루어
서로의 어깨에 나란히 기대어 서 있고
그 사이로 내 삶이 물결치며 시간을 걷고 있다

수면 아래로는 수많은 꿈이 자라고
어디에서부터 시작이 되었는지
어디에서 멈추어 서게 될지
돛단배를 타고 먼 바다로 가는지
지나온 삶의 흔적들을 지우고 있는지

환희의 몸짓으로 날아오르는 날들과
그 밑으로 추락하는 죽은 날들에
내 숨결이 떠내려가는 곳에서
내 삶의 그림자가 보인다

나의 삶은
어느 한쪽에 걸터앉을 수 없는
경계선을 넘나들면서 흔들리고 있었다

허리 굽은 소나무

산 정상을 향해 오르다 보면 바위의 틈으로 눈을 내밀어 몸을 키워 하늘 향해 기어 올라가는 허리 굽은 노송을 보노라니

위대한 생명의 힘으로 누가 저곳에 씨앗을 뿌렸을까? 아주 오래전에 죽지 못하고 생은 바위에 기대어 비스듬히 허리를 펴 하늘을 머리에 이고 푸른 손짓을 하고 있다

삭막한 바위틈에서 배고픔과 갈증은 얼마나 컸을까? 태어날 때부터 타고난 운명을 어떻게 달래었을까?

누구인들 허리 펴고 당당하게 서고 싶지 않으리. 누구인들 누워서 편히 잠들고 싶지 않으리. 굳어 버린 허리로 버티고 서 있는 저 외로운 소나무,

아름다움이 모습에서만 찾을 수 있으리오. 굳세게 산 만큼 하늘이 한 뼘 더 가까워지는 것을, 저마다 살아가는 세상에서 다른 것을 부러워하지 않으며 아랫것들을 내려다보며 올라가는 선지자여!

"죽는 날까지 하늘을 우러러 한 점 부끄러움이 없기를."* 부끄러워지는 내 가슴속으로 시인의 마음이 내려앉는다

---

* 윤동주 시인의 서시 중에서

기억의 동굴

두 눈 감으면
불사의 그대 향취가
아련히 사라져 가는 기억에서 날아오른다

그날 그때를 향한
낯설고도 낯설지 않은 시간 여행은
낱알의 이삭줍기처럼 홀로여서 서러워라

기억의 저장고가 어디에 있는지
되돌아가는 길을 아는지 모르는지
회상의 손짓 따라 흐릿흐릿 되살아 돌아온다

내 배꼽에 새겨 넣은 상흔과
산화하여 흩어지지 아니한 파편들이
소리 없는 추억의 울림으로 가슴을 저미게 한다

지울 수 없는 모습으로 살아가는 것들이
별빛 묻은 모습으로 드러나면
그대를 실은 긴 한숨에 눈물 젖는다

산다는 건
사랑한다는 건
아마 기억 속으로 묻히는 일인가 보다

허물켜는 뱀

땅속의 습지에 숨어 똬리를 틀고 앉아서 순백으로 반짝이는 비늘로 겹겹이 덮어도 헤아릴 수 없이 허물을 벗기고 또 벗어도 부끄러운 알몸을 감출 수 없는 짐승이여,

갓 씌운 머리에 박힌 두 눈동자가 저승의 길목같이 깊고도 깊어, 두 갈래로 갈라진 혀의 간드러진 전율이 살결을 타고 흐르는 것은 나신의 동산에서는 알몸으로 걸어 다녀도 부끄러움으로 우러러볼 하늘을 알지 못했음이라.

아! 어찌 알았으랴!

태곳적부터 감추었던 비밀의 유혹으로 사람을 사로잡아 통째로 삼키어 짐승으로 추락시킨 그 죄가 중하고 중하여 가장 낮은 곳에서 허물을 켜며 고해하는 짐승이여!

폐허

까마귀 떼의 깃털 같은 먹구름이
하늘을 삼켜 버린 얼굴로 모여들고

공동묘지의 비석도 넘어지고 부서지고 파헤쳐지고
생명이 살 수 없는 황폐한 곳에
허연 달빛도 살며시 훔쳐보고서는 가던 길 재촉하고

색 바랜 초목들 바람에 흩어지고 널브러진 곳에
뿌리마저 뽑혀 버린 고목의 가지 위로
부엉이 한 마리 고개를 떨구었는데

더러운 소리 산천을 삼키는
까마귀 떼가 몰려온다

휘이, 휘이, 쫓아내는 이가 없어
까마귀 떼가
내 가슴으로 날아든다

금줄 걸리는 아침

여명이 펼쳐 놓는 카펫을
지구의 자전을 느끼며 힘겹게 걷는데
비둘기 앞에 펼쳐진 진수성찬이
비둘기는 배부른 만삭의 행복을 부르짖고
비둘기의 술 취한 행복이 나를 부르고 있다
제비의 어미가 군침을 삼키면서
뱃속으로 밀어 넣지 아니하고
먹기 좋게 썰어 입으로 물고 온 것을
삼겹살에 김치, 콩나물, 마늘 한 조각 얹은
쌈으로 허기진 배가 만끽하고
과일 더미와 마른안주로
소맥을 제조하여 축배를 들고 있다
아침부터 얼큰한 취기에 불그스름한 두 눈
두려움을 넘어 버린 행복의 품에 안겨
두 귀는 인적 소리를 날려 보내고 있다
행복한 만찬으로 행복에 젖은 것들
나도 하늘을 날며 놀고먹고 싶어진다

어젯밤에
한 상 가득 진수성찬을 준비해 놓았으니
문득, 삼시 세끼를 잃어버린 나에게도
흥부네 박의 씨는 아니더라도

연금복권의 행운이라도
일확천금의 군불을 지피며
허허허….
헛웃음을 켜니
눈가에 금줄 걸리는 아침

제2부

부모에의 자식

「見道」

부모에의 자식

당신의 등골을 휘감아
수액을 빼 마신 자가 있다

당신의 어깨 위에 올라앉아 애간장을 녹이며
가슴을 내려앉게 한 자가 있다

세월의 흔적을 새기듯이 달아나며
허물어져 가는 뼈마디의 진액을 훔쳤으니

바로,
송충이 같은 자식인 나다

주름진 두둑에는 무엇을 심었기에
얼굴 가득 움푹 파인 어둠이 걸렸느뇨

밤과 낮이 날 많이도 흔들었으니
바람에 아파하지 아니하는 꽃이 어디 있느뇨

꽃을 매단 나무의 가지도
온몸으로 힘주어 수액을 나르지 아니하느뇨

절망 위에 흰 서리만 쌓여 누워도

송충이에게 필요 없을 때 떠나시라 하였건만

오늘, 내 안에 비석을 하나 세웠으니
꽃 피는 봄이 지면 나도 당신 따라가느뇨

아, 이제는 빨대를 꽂을 데가 없어 슬픈 자식이다
아, 이제는 내 등골에 빨대가 꽂혀 있어 기쁜 부모이다

아버지가 될 나를 위해

어릴 적
아무도 모르게 사랑을 심어 놓으신 당신에게서 사랑을 느꼈습니다
아무것도 아무렇지 않게 남자로 키워서 사랑을 보여 주셨습니다
이다음에 원수를 사랑하겠다고 사랑 앞에 맹세도 하였습니다

이제는
나의 세계를 사랑하러 당신의 고운 벽을 허물을 벗듯이 벗고자 합니다
당신에 의해 낳고 키워서 가꾸어 나를 내어놓은 것은
당신 자신을 사랑한 당신 사랑의 흔적입니다

하지만
피가 고여 쉽게 당신을 떠날 수가 없습니다
끈끈한 진액으로 떼어 놓을 수 없는 살가죽이 되어 버렸습니다
그것이 내가 오늘을 살아가야 하는 이유가 되었습니다

지금은
나 혼자 벽을 보며 서성입니다. 나는 어찌해야 하는지요?

당신처럼
사랑의 기술을 가르치는 당신처럼 아버지가 되어야 합니다
당신처럼 아버지가 되기 위해 내 모든 것을 바칠 것입니다
어떤 세상을 만들어 가게 될지 설렘과 두려움이 겹쳐 있습
니다

마침내
나는 영원히 함께하였으면 하는 염원을 거두어들입니다
아버지의 사랑을 간직한 채 결별을 선언합니다
내가 아버지가 되면 나는 아버지처럼 아버지의 눈을 뜨겠
지요

조용히
사랑의 벽을 조금씩 허물면서 새로운 사랑을 찾아 떠날 채
비를 합니다
사랑의 이름으로 묶어 둔 아버지가 될 나를 위해…

엄마의 손

그대, 엄마의 손을 보리라
예전에 뛰어놀던 고운 손은 어디 가고
앙상한 가지 위에 걸린 낙엽의 굴곡처럼
속살 위에 군살이 얼룩덜룩 붙어 있는 것을,

그대, 엄마의 손을 보리라
토끼풀로 반지 걸어도 고왔었는데
거친 세풍에 허물어지는 성벽의 금같이
숨기고 싶은 손마디의 굵은 슬픔이 있는 것을,

그대, 엄마의 손을 보리라
삶을 사랑하고 열애한 만큼 찢어진 손은
살아가는 것들과 사라지는 생명을 안고서
사랑하기 위해 천지를 헤매고 다닌 흔적인 것을,

그대, 엄마의 손이 되리라
사랑에 뿌리를 내린 엄마의 손처럼
영혼을 보듬고 굶주린 것들 배 불리며
떠나가는 모든 것들을 더 세차게 사랑하리라

바람이 전하는 말

밤의 미소가 도착하기도 전에
수련을 닮은 그녀는
달빛을 거부하고 등 돌려 앉는다

하늘길 열어 주던 눈시울에
성조(星鳥)를 잃은 듯
뚝, 뚝, 가슴에 물결로 동하게 하고

휘어진 몸으로 고개 떨구는 것은
동여맨 보따리가 가벼워
애심의 무게로 어깨가 처진 것이라고

그것이 자신의 큰 잘못인 듯
속죄의 얼굴을 가린 것이라고
눈물의 바람이 손을 흔들고 있다

저녁노을

엄-메- 엄-메-
목을 길게 뽑아 올리며
눈 감는 동그란 눈동자에서
생명의 설익은 열매가 뚝뚝 떨어질 듯

해는 서산을 넘어가고
입에 거품을 문 암소 한 마리
문을 박차고 어둠의 길을 열어젖히고

움-메- 움-메-
어깨에 걸린 쟁기를 뿌리치고서
고삐도 끊어 버릴 듯 불을 켠 눈으로
제 새끼 지키러 땅을 짓밟으며 달리는데

하늘 건너가던 초승달이
구름의 깃털이 눈가를 스치는 듯
발을 비추는 검붉은 눈동자로 걸려 있네

손님

낯선 손님이
나그네처럼, 새벽이슬처럼
굴곡진 난제의 길을 따라
몸속으로 스며들어
영혼의 손을 잡아당겼나?
그래서
손님 맞을 채비로 빗질하는
아버지의 손이
애수의 그림자로 떨고 있었나?
지켜보는 달의 눈빛으로
허한 심정으로 기도하듯이
찢어진 마음을 줍고 있었나?
티끌을 날리시며
행복을 기원하고 있었나?
"귀한 손님이 왔다.
진수성찬으로 대접해야 한다."
뒤돌아서며 명하셨나?
머리를 떨구었던 그날
길목을 쓸고 계셨다

시계 바퀴

또-오-딱
또-오-딱,

숨 가쁜
발자국의 메아리가
삶의 능선을 따라 올라서는데

지게 짐 지고
고갯마루를 넘어가는
내 아비의 거친 숨결을 닮았구나

시계 바퀴는
그렇게 그 자리를 돌고 돌아서
또다시 또 다른 밤을 일으켜 세우고

아, 나의 아비는
모두 다 잠든 하늘 아래에서
콧노래를 흥얼거리며 따라가고 있구나

밥줄 때문에

언제부턴가
살기 힘들다고 푸념하는
아버지의 허리가 굽어져 보여
아버지의 가슴이 좁아져 보여
자식들의 밥줄이 그의 손에 달려 있으니
하루에도 수백수천의 허리를 숙였으리라
하루에도 수천수만의 가슴을 졸였으리라
하늘을 향해 가슴을 펴고 호령하고 싶지 않았으리요
그러나
밥줄을 놓지 않기 위해서 자존심마저 숙였으리라
짐승 같은 이에게도 허리와 머리를 조아렸으리라
아, 불쌍하다 어이하리오
이미 굳어 버려 펼 수 없는 허리와
되찾을 수 없이 날아가 버린 꿈들은
무지개다리 위에 걸쳐 놓았고
여명이 눈 뜨기도 전에
밥줄을 지키러 허리를 숙이러 집을 나가시는데
흙의 옷을 입을 때까지 놓을 수 없는 밥줄 때문에
아버지에게는 돈이 하늘이 되어 버렸어!
아버지에게는 사장이 신이 되어 버렸어!

어버이날에

올해에도
어김없이 찾아왔건만
어버이 잃은 아들은 어이할꼬!

텅 빈 집에서
아들은 군대 보내 놓고
기다림의 여심은 깊어 가지만
아들 장가보내려고 집사람은 야근 중,
장가보내고 나면 끝이런가, 했는데
내 심상(心想)에 손자 손녀가 아련하여
빨래를 개켜 놓고
구멍 난 양말을 꿰매고 앉았네

내 어버이 살아 계실 적에도
이렇게 살았을 것을
굽이치는 내리사랑의 물결을
저 시든 카네이션이 보고 있구나

사랑은 아프다

바위처럼
제 살점 한 점 떼어 주고
바람을 막으며 흘러가라 하고 섰네

촛불처럼
자신을 비워서 길 밝혀 주고
두 손 모아 기도하며 엎드렸네

엄마처럼
사랑을 보여 주고서는
사랑으로 살다 가라고 손짓을 하네

나는 가던 길 멈추고
울먹울먹 멍이 드는 가슴
회한의 눈물이 핏줄기 따라 흐르네

사랑 별곡(別曲)

가라, 가라
나의 심장을 뚫고서 지나가라.
검붉은 피 자랑스럽게 휘날리며
되돌아오지 않는 화살촉이 되어서 날아가라

흘러내리는
내 사랑의 깊이가 부족할지라도
나의 살과 피를 먹고 마시며 살찌워서
나의 어깨를 밟고서 비상하는 사자가 되어라

너를 위해서라면
목숨도 재단 위에 바칠 수 있나니
사랑은 생명을 주고 또 살아가리니
나는 영원을 향해서 홀로 걸어가리라

먼 훗날에, 나는
기억을 더듬으면서
나의 삶을 살았노라 하리라

바람의 자식이었나보다

바람이 떨구어 놓은 씨앗을 키우려고
틈 사이로 은빛 햇살을 물고서 왕래하고
틈 사이로 스며드는 바람의 먹이를 받아먹으며
나는 나의 허물을 벗으며 피어오르는데

나만의 공간에서
나의 입을 벌려 배불리 먹이고
그 부드러운 손길에서 사랑을 배웠는데

태양을 가리는 그림자의 형체가 오면
바람은 온기를 찾아서 떠나기 위해
잎새를 떨구러 가슴속으로 헤집어 들어오네

추억으로 밤을 지새우는 낙엽은
이별이 아파서 빨간 눈물의 흔적을 남기고
찬바람에 떠남을 미리 알고서 보따리를 챙기는데

나도, 한곳에 머물지 못하는 방랑자 되어
내가 사랑하고 사랑받은 삶을 안고서
풀의 끝에 맺힌 이슬방울처럼 흘러가려네

바람의 꽃씨

바람의 꽃씨 되어
홀로 몸을 추슬러
하늘을 보니
꽃씨 떨구어 놓고
바람은 떠나 버렸네

바람이 지은 이름
홀로 깃발 세워서
찾아온 고향
추억을 주워 담을
흔적일랑은 지워 버렸네

꽃피운 자식의 얼굴
얼굴 비비는 소리
바람의 애무
하늘과 땅 사이로
사랑을 싣고 나르네

엄마의 등대

1.

동네 어귀에 커다란 느티나무처럼
비바람을 막아 주고 자신은 굶주리고
불타는 태양을 막아 주고 자신은 거슬리고
그래도 말없이 자리를 지키는 사람이 있습니다

연꽃에서 떨어지는 이슬방울처럼
자신을 감추고 뿌리의 먹이가 되기를
기도하는 그런 사람이 있습니다

참새 떼 날아와 지저귀어도
날아갈까 눈 감은 듯
파도처럼 가벼운 몸짓으로
예쁘다, 예쁘다 하십니다

그 사람이 아름다운 이유는
그 안에 사랑이 흐르기 때문입니다

홀로 감내하는 멋진 영광을 짊어지고
몸으로 이야기를 하고 있습니다

2.

밤은 천천히 걸어와 어둠의 이불을 펼치면
아직 도착하지 못한 고깃배를
만선하기를 위해 뒤처졌을 자식을 기다리며
동네 입구에 등불을 들고 서 있습니다

삼백하고도 예순다섯 날을
어둠의 밤하늘을 누비고 다니시며
애처로운 눈빛으로 하늘을 거닐고 있습니다

망망대해를 돌고 돌아서 고향에 도착했다는
뱃고동 소리가 울려오면
아, 행복으로 들뜨게 하고
안도의 한숨으로 달려가는 불빛의 미소

별똥별을 주우러 나선 어부의
비릿한 땀 냄새도 향기롭게 달려옵니다

행복을 만드는 사람도 이만큼이랴
나침판이 이보다 더 정확할까?
그것은 사랑의 징표인 것을

떠나 본 자만이 느낄 수 있는
격하게 반기는 뜨거운 엄마의 모습이
찡하게 가슴을 짓눌러 울립니다

웅장한 오케스트라로 베토벤의 운명을
온몸으로 지휘하시던
등대의 몸짓, 못내 그립습니다

엄마의 침묵

말이 없는 등대는 내가
난파선이 되어 흩어질 때도
거센 방황의 폭풍의 눈동자일 때에도
좌초되어 항로를 잃지 않도록
심해 깊이 닻을 내리어
희망의 빛줄기를 절대로 놓지 않았다

불 밝히는 손짓은
암초들을 들추면서
깊은 수심으로 가라고
소리 없이 휘날리는 이정표 되어
한 줄기 빛이 흑암을 가르듯
침묵을 머금은 환한 미소로
홍해를 가르듯
오늘도
내 안의 어둠을 가르고 있네

제3부

내 삶의 향기는 날고

「行者의 길」

촛불은 혁명이다

문명이라는 괴물에 전적으로 의지하여 밤낮으로 돈과 기계
에 구사당하고, 거짓 평화를 유지하는 물질의 노예가 되어 버
렸네. 사람으로서 살 권리와 자격이 박탈당한 채로 스스로
삶을 거부하고 돌아앉은 시대의 부끄러운 청춘들이여,

촛불은 혁명이다!

촛불의 타오르는 혈기는 팔다리를 잃으며 가슴을 빼앗기
며, 한 사람의 인간이기를 거부당한 노예처럼 기계처럼 되기
를 바라는 것에 대하여 새로운 시대의 질서를 향한 시대의
대변자로서 울분을 토하고 있다

몸을 불태우는 절규로 희망을 외치고 있다. 자유가 아니면
죽음을 선택하겠다는 우리들의 표상. 자유는 그냥 오지 않는
다. 평등은 성취하는 것이다. 절망의 수치를 거부하라

오늘도 몸의 불 밝힌 촛불은 긴긴밤을 홀로 짊어진 채, 몸
으로 어둠을 쫓고 있다. 밤의 폐부를 도려내고 있다

골짜기에서

생에 먹구름 칠하는 달콤한 맛에
아름다운 몸과 정신의 자유를 저당 잡혀 놓고
가장 소중한 그것을 잊어버렸는가?

그 대가로
계곡으로 추방을 당하듯
골짜기로 깊숙이 밀려나는 사람들
사방은 어둠과 고온다습한 안개의 불빛
먼 산등성이를 보지 못하는 불안으로
시간과 공간의 이동 제한을 받으며
우리가 불러 모은 것은
이기심의 싸움뿐,
성충에서 깨어난 매미는
봄·가을의 매력을 알 수 없기에
여름 한철을 힘껏 목 놓아 울듯이
욕망의 사다리를 건너갈수록
절망도 골짜기처럼 깊어,

새날의 희망, 생의 환희여,
골짜기에서 되돌아 나와야 하는데
언제나 그 사람이 보고 싶다
선봉의 횃불이여!

삼겹살을 구우며

차가워도 미지근해서도 아니 되며
오직, 뜨겁게 달아올라야 한다

시커먼 쇠창살 아래로 시뻘건 눈빛
돌아누운 몸에서 기름기를 좔좔 빼내며
노릿하게 익은 몸으로 먹히기를 기다리며
백치로의 회귀는 생의 문턱을 넘어가는데,

불판 위에서 익은 삶을 먹잇감으로 내어놓아
사람의 피와 살이 되는 현장에서
나는 그리스도를 본다
피 흘리는 사랑에 순종함으로써
사랑이 되었다는 외침이 벽에 매달려 있어,

아, 살아있음의 고뇌여!
먹히는 것은 먹는 것이 되는가?

먹고 먹히는 생과 사의 사슬에서
그에게 먹힘으로써 한 몸을 이룬다면
내 살가죽을 벗겨 내 영혼의 목도 내어놓아
그의 살아 있는 칼에 종속하듯 할복하듯
생명의 피와 살로 먹히고 싶다

한 줌의 죽음이 부활이라는
미지의 목구멍을 넘어서
알맹이는 거두고 껍데기는 배출하러 간다

사람의 아들

사랑과 행복의 끈을 별에 매달아 놓았다

삶의 씨앗을 뿌리고 길러야 할 사람의 아들이
유산으로 물려받은 생명의 창조력은 생기를 잃고
피 솟구치듯 땀을 솟구어 내는 태양의 노예가 되어
몸의 그림자에 숨어 술 취한 골목길을 배회한다네

욕망의 바벨탑 앞에 무릎을 꿇은 사람의 아들이
낮과 밤의 채찍에 생명의 기름을 착취당하면서
버려지는 육체를 탱크의 발자국으로 넘으면서
쩍쩍 갈라진 손으로 한 층의 돌탑을 쌓고 있다네

아! 사람의 육체는 원죄에 대한 희생인가?

북극성의 번호표를 부여받아 초대받지 못한 이들은
침묵의 순종으로 하늘의 별빛을 가슴에 담는 듯해도
환영의 별빛이 휘날리면 매달린 희망도 나부끼기에
무너지는 가슴과 이름을 잡기 위해 입술을 깨물었네

생은 즐겁고 아름다워야 한다는 대지의 노래는
미세먼지로 덮여 버린 하늘에서 환청처럼 떠돌며

저 별에서도 저세상에서도 구하지 말고
삶을 살아라. 삶을 뿌려라. 삶을 길러라 하네

불꽃의 속삭임

불꽃이 어둠을 찢어 놓고
입방아 찧는 사람들의 입김에
넘어질 듯…. 꺼질 듯….
흔들려도 쓰러지지 않고, 꺼지지 않고
잠잠히 고요하게 몸매를 가다듬으며
빛의 그림자를 곁에 두고서
위태하게 위태로운 맨몸의 생은
곧은 심지에 의지하여 외롭게 밤을 걷는다

뜨겁게 달구어 시간을 잡는
선승처럼 곳곳이 앉은 자태로
누군가를 위하여 몸을 태웠던 그
정의를 위하여 목숨마저 내놓은 그
목숨을 태우면서도 자유의 날갯짓을 훨훨
어둠에 맞서 싸우는 정신의 불꽃으로
자신을 비우는 숭고함을 비추며
영혼의 등불로 서 있는 그는
뜨겁게 살라고 속삭인다

아무런 사유가 없을 때까지
제 살을 태우는 촛불처럼
벌거벗은 몸으로 기다림의 극치로

온 마음을 사르는 열정으로
하나의 불이 들불로 타오를 때까지
오직, 뜨겁게 살라고 손짓한다

마침내, 불꽃을 향하여 앉은
내 정신의 심지로 불을 옮겨 붙인다

전태일 열사를 추모하며

아, 어둠은 그 모습 그대로 변함이 없는데
붉은 띠를 머리에 두르고
나는 가야지, 또다시 발걸음을 옮겨 가야지
가난한 노예의 족쇄를 끊으러 가야지

어둠에 점령당하여도 빛나는 굵은 힘줄이여,
수모와 멸시와 천대를 받는 돌멩이의 땀방울이여,
노동의 신성함을 가시덤불의 올가미에 갇혀 버린 것은
노예 같은 원죄를 이어받은 핏줄이더냐

인간을 인간답게 하는 노동의 가치를 잉태하여
짓밟혀도 매미처럼 울어 대지 못하는 일꾼이여
돌멩이처럼 갈 곳 없어 걷어차이는 노동자여
우리는 노동의 가치를 다시 일깨워 세우리라

사람답게 살고 싶지 않은 이가 어디에 있느냐?

이 어둠의 도시에서 잔인한 자본에 맞서
강탈당하는 지하의 감방을
저 스스로 불을 밝히러 뛰어든 나방처럼
그 불빛이 지금 여기까지 흘러
어둠을 밝히려 하나?

어둠은 강하고 단단하여 무너질 줄을 모르는데,
아, 이 덧없음을 말해 무엇하리
하지만 누군가의 손 모닥불로 언 손발을 녹였으니
또다시 가야지 항변이라도 해 봐야지
우리 모두 함께 가야지

잎새처럼 떨어져야 하는 운명 속에서
목숨을 구하기 위해 초록의 잎새를 불태운 사람
가난한 생명을 사랑한 죄
이 어둠에 맞서 스스로 빛이 되어 버린 사람
그 사람은 가고 없지만, 그 혈기가 고스란히 남아
추운 청춘의 날개를 비추니
잎이 돋아나고 새싹도 일어서고 들풀들도 자라나고
태양 앞에 몸을 말려 거름이 되어 버린 사람
부끄러움으로 두 눈을 뜨겁게 달구는 사람
그리움으로 젖어 드는 이름 하나를 세워 놓았다

단 하루를 살아도 생은 생이다

충무공의 눈물 – 2019년 촛불의 광화문에서

광장에 뜨거운 심장을 세운다

바람이 떨구고 간 씨앗들이 몸을 흔들어 깨어나고 눈물을 머금고 손을 잡은 꽃들은 입 벌려 사랑으로 살아갈 것을 명령하고 있다

악보 없는 촛불들의 리듬에 길가로 모여든 반딧불들이 춤을 추며 거대한 화염으로 움트는 사자들의 포효로 광장을 넘어 검은 하늘을 붉게 물들인다

애를 태우며 타오르는 촛불은 내일을 두려워하지 않기에 가슴에서 가슴으로 전염을 시키며 그 틈 사이로 한 줄기 바람이 헤집으면 울분으로 거세게 몸부림친다

서로가 서로에게 맞서는 파도의 춤과 허공을 향하는 외침은 피 묻은 화살촉이기에 과녁에 박혀서 부러질지라도 절대로 돌아오지 않는 건 우리는 타협을 배우지 못한 탓이로다

광장 한가운데서 애민 정신을 실현하였던 세종대왕은 넋을 잃은 듯 앉았고, 분열로 찢기어 누더기가 된 현실 앞에 서 있는 이순신 장군의 칼끝으로 눈물이 흐르는 건 우리는 전쟁을 경험하지 못한 까닭이로다

아, 충무공의 검붉은 눈빛이 우리가 잃어버린 것들을 찾아
울고 있는 밤이어라

N포세대 – 이 얼마나 좋은 일인가!

[나] 우리 할아버지는 혼자서도 8남매를
잘 키우셨고, 고생은 많이 하셨겠지만,
이 얼마나 좋은 일인가!

우리 아버지는 혼자서도 5남매를
잘 가르치셨고, 풍족하지는 않았지만,
이 얼마나 좋은 일인가!

나는 혼자서도 둘만 낳아 잘 기르자
가정을 꾸렸고, 대출도 한몫 하였지만,
이 얼마나 좋은 일인가!

나의 자식은 연애하고 장가는 갔어도
집값과 고용 불안, 희망은 멀어져 가도
이 얼마나 좋은 일인가!

[N포세대] 밤늦게 귀가해도 늦잠을 자도
집에서 잔소리하는 사람이 없어,
이 얼마나 좋은 일인가!

추운 날이면 무더운 날이면 비 오는 날이면
홀로 베짱이 되어 노래하며 살겠네,

이 얼마나 좋은 일인가!

속옷을 안 갈아입어도 양말을 벗어 던져도
집에서 불평하는 사람이 없네,
이 얼마나 좋은 일인가!

코를 골아도 아무에게도 피해 주지 않으니
나는 죽어도 천국은 가겠네,
이 얼마나 좋은 일인가!

물가, 고용, 교육비 걱정, 처자식까지 없으니
대충, 이 한 몸만 챙기면 되니
이 얼마나 좋은 일인가!

[나] 갈수록 세상은 풍요로워지는데
첨단 기술도 초고 수준에 이르렀는데
이 얼마나 좋은 일인가!

잘사는 놈은 점점 더 살기 좋은 세상
못사는 놈은 점점 포기하고 사는 세상
이 얼마나 좋은 일인가!

담쟁이 – 질투

손바닥의 군살처럼 남의 등에 올라앉아
고양이 발걸음으로 담장을 집어삼키어
제 것이 아닌 것에 제 뿌리를 내렸다고
제 땅이라고 우기는 난 네가 밉다

억센 줄기처럼 번뜩이는 세 치의 혀로
어둠의 손을 더듬어 유혹하고 올라서서는
순결의 성지를 삼키듯 점령하여 감추어 버린
기어가는 뱀의 비늘 같아 난 네가 싫다

전쟁의 아우성도 없이 꿈을 짓밟아 버리고
남의 어깨를 짓밟고 일어서는 뼈 없는 것이
태양을 피하게 그늘을 주었다는 거친 깃털이
독재자의 손짓 같아 난 네가 두렵다

홀로 설 수 없어도 하늘 향한 발걸음은
미끄러져도 굶주린 새싹의 갈망으로
서로의 손을 밀어 주고 받쳐 주며 올라가는
샘물 같아 또한 난 네가 부럽다

자유가 나를 부른다

짓밟아라, 뭉개져 붉은 피 뿌린 토대 위로 봄은 오나니,
펄럭이는 깃발은 절망 너머로 전령사를 보내는 바람이다

쟁기가 지나간 언덕의 두둑 속에서
새싹을 잉태하는 푸른 민초들의 신비한 생명,

자유는 쟁취를 꿈꾸는 자에게는 생명이리니
싸워라, 부서지고 피 흘려도 부딪혀야 한다

가시에 찔리어 철철 피 흘리는 장미꽃 송이의 외치는 소리,
모진 태양의 회초리를 맞으며 익어 가는 벼의 이삭들을 보자

아, 그날의 함성이 나를 외쳐 부르고 있나니
몸으로 새겨 영혼에서 흘러나오는 자유의 젖줄기여!

기둥 없는 집

삶의 숨 막히는 허위의 질서를 따라서 걷는다

요람에서 들길로 내몰릴 때부터 태반과 같은 것을 빼앗겨 버린 나는 푸른 초장으로 초대받지 못하여 달팽이처럼 몸뚱이 들어갈 집이 없어 세상의 집을 빌려,

하루의 일주를 완주하고서 터벅터벅 스스로 향하는 집에는 네 모퉁이에 기둥을 깊이 세워서 콘크리트 벽으로 사방을 막아 버렸고 출입구도 이중 철판으로 세웠고 탈출구도 창살로 막아 버렸고 유리창의 숨구멍은 하나 있다

육체가 배고프면 밥도 먹고 졸리면 잠도 자고 잠시 쉼을 누리다가 나오는데 육체의 노동으로 번 돈을 다 내어놓으라고 모자라면 몸을 팔아서라도 가져오라고 한다

건물들은 닭장처럼 엮어서 높아만 가는데 나는 언제 어디에서 나의 꿈을 누일 수 있으려나? 빈집을 지키는 침묵을 깨우는 사람들도 생겨나고 들꽃도 키우며 나만의 안식처 하나쯤은 가지고 싶다

시린 가슴을 헤집으며 아스팔트 위를 42.195km를 달리고 달려 어제와 똑같은 곳에 도착했지만, 집 하나 가지는 요원한 소망을 안고서 기둥 없는 집을 마냥 부러워한다

모기에게

모기야, 모기야
내 몸의 피를 탐하는 것이
굶주린 허기를 넘어선 애심이라면
마셔라, 마셔라
더 깊고 붉은 진액에 촉수를 내려
너의 부활을 꿈꿀 수 있다면
나는 내 피를 내어주려니,

모기야, 모기야
내 몸의 피를 삼키는 것이
곤충의 몸을 벗고 새로운 것이 된다면
마셔라, 마셔라
번데기의 몸을 벗어 하늘을 항해하기 위해
애벌레의 몸을 벗어 하늘을 호령하기 위해
꿈꾸는 모기는 네 영혼의 잔을 채워라

....

오늘은 때가 아닌 듯
굶주린 배를 채우기에 정신을 놓았으니
우둔한 너와 나를 위해 내가 살생을 하여야 하겠다

모기가 사람에게

사람아, 사람이여,
달콤한 내 영혼의 사랑이여,

사랑은 생명을 나누는 것이라고 외치고서는
네 속에는 있는 사랑의 샘은 붉게 오염되었구나
우리들의 고향 땅을 빼앗아 안락한 집을 지었으니
악취를 즐기는 흡혈귀들이 줄을 선 까닭이었구나
사람아,
정갈한 척하지를 마라. 고상한 척하지를 마라

내가 이 세상을 떠돌면서 수많은 포도주를 즐겼음에도
사람에게 고여 있는 생명은 내 생애의 최고의 만찬이었기에
가족과 친우들 친지를 거느리고 오직 사람만을 찬양하며
모두 다 떠나간 밤에도 두 날개로 손뼉을 치며 따랐다네

사람아, 고귀한 척하는 사람아
그래도, 이건 너무하잖아

그 많은 죄악으로 물든 더러운 핏줄기에서
한 번 즐긴 것을 한 번 더 만끽하고 싶어서
허락을 구하는 기도 소리로 날아오른 것인데
피 한 방울에 나의 죽음이 대가라니 너무하잖아

하지만, 사람의 피를 취하여 정신을 키웠고
자만의 허영심과 사치의 낭만도 즐겼기에
피 묻은 몸뚱이는 뭉개져도 내 정신은
미련의 후회 따위는 거두어 간다

잡초를 뽑으며

아무도 모르게 날아들어
살고자, 살고자 뿌리를 내려
푸른 꿈들을 펼치려는 날갯짓을

미안함이 고인 마음으로
뿌리째로 모가지를 비틀어 당기는
내 손에 선혈로 얼룩이 진다

무슨 인과의 죄가 컸기에
무수한 생명을 골라내는 내 손길에
그 대가는 그 무엇으로 되돌아오려나

아파하지 말라. 슬퍼하지 말라
원망하지 말라. 미워하지 말라
잘 가거라. 미련 없이 돌아서거라

너희들이 죽어야 내 씨앗들이 살기에
다음에는 자유로운 곳에서 피어나거라
나의 입술에서 연민의 노래를 읊조린다

원죄의 손

소나무 껍질에도 숨결은 흐르고
작은 언덕배기 가려운 등짝을 내밀었다
갈퀴 손바닥에
상처가 생길세라, 아파할세라
구름 위를 노니는 아늑함이 스며든다
그리고
산줄기처럼 높고도 넓은 동산 위에서
손톱으로 그림을 그려도 "시원타" 하신다

군살로 철갑을 두른 손바닥
손톱 사이에는 기름때가 퇴적되어
내어 보이기가 부끄러워 감추고자 하였었던
이 손은 태양의 장력에 굴복하지 않고
잘린 가슴이 옹이로 덕지덕지 앉아도
향기로운 체취로 채색되어 있는
잘 익은 홍시 같은 손이다

지금, 이 순간
노을의 눈동자로 밤을 부르는 것은
원죄 같은 손이
사랑으로 익어 가는 까닭일 것이다

몸의 낮잠

한 사내가
분노의 태양을 피하여
그늘을 찾아 벽돌을 베개로 삼아 눕는다
거친 세월이
그의 뺨을 훑어 알맹이를 뱉어 버린
주름진 가죽 주머니에는 그을린 생이 담겼다
어둠은 숨어들고
바람은 얼굴을 얼러 만지고
소금으로 간 절인 옷자락이 펄럭이다가
그의 몸은 잠으로 떨어진다
아니, 어쩌면
가장 가깝고도 먼 눈썹의 무게에
눈이 짓눌려 있는지 모르겠다
잠시, 얼마 후
가장 가깝고도 먼 사랑의 멍에를 지고서
힘겨운 발걸음을 옮겨야 한다는 것을
이미 체득한 몸이 잠에서 뒤척인다
내면의 그는 잠들지 아니한가!

제4부

사랑같이 보이는 게
사랑이던가?

「서울 가는 길」

사랑 – 사랑같이 보이는 게 사랑이던가?

사랑을 사랑하고 사랑하는 연인들이여!
나 수많은 사랑의 맛을 찾아 헤매면서
배꼽을 잡는 기쁨의 눈물로 얼굴을 닦아 보아도
행복의 맛을 헤아릴 수 없었으며
설야에 찢어진 가슴을 안고서 밤을 건너보아도
슬픔의 끝을 발견하지 못하였으며
장미 꽃잎에 맺힌 이슬로 달콤한 축배를 들이켜도
사랑의 실체를 취하여 보지 못하였음이라
이번 생에서 매듭을 풀지 못한다면
다음 생에서라도 찾아 나서야 하리니,

연인들이여, 사랑을 잉태하여 살아갈지어다
그리고 말해다오. 사랑의 실체를
그림의 떡으로 허기진 배를 채우지 못하여도
사막에 꽃씨를 뿌리러 나가게 나를 일으켜다오
나, 이렇게 사랑을 갈구하는 것은
검은 석탄이 다이아몬드가 되는 까닭이라오

춘우(春雨)

구름의 환희가 대지 위로 내려와
언 땅의 골을 허물면서
한 몸을 이루려는
태동의 몸짓으로 길을 떠난다

바위가 빗방울에 매 맞아
멍든 몸이 아파서
등 돌려
흐느끼는 소리,

빗방울에 길 잃은 돌멩이가
서럽게 뒹굴다
눈물을 켜며
재잘거려도,

하나의 밀알을 품으려고
쟁기질하는 빗방울은
밤을 넘어서
잠든 뿌리를 흔들어 깨우네

꽃 – 탐스러운 유혹

봄 햇살의 손을 잡고서
바람을 따라 꽃길을 걷다가
구름으로 그려 보던 얼굴을 발견했을 때

싱그러운 혈기가 수직으로 상승하며
황홀감에 놓아 버린 나의 이성은
혼자만 소유하고 싶어 안달하다가
고개를 가로저으며 다시 꽃을 바라보았네

지배자의 욕망이 폭력을 낳아
고결함에 나의 손이 닿을 때
빛나던 고운 자태에서
얼굴을 빼앗기고 목 잘린 가지에서
뚝…. 뚝,
길 잃은 생명의 핏줄기를 토하겠지

내일이 와도 응고된 자리에는
내 그리움이 설움으로 자리 잡는 것처럼
그 상처에는 침 흘리는 짐승이 엎혀 있겠지

아, 애꿎은 질투의 신이
인간의 인간다움을 시험하려고

상심의 골짜기를 걷게 하여
자신의 슬픔을 눈뜨게 하는 봄날이라네

사랑의 발걸음

달의 미소와 별들의 흥에 취하여
비틀거리는 저 태양은 나의 발걸음,

너의 아름다움에 매혹되어
내 가슴으로 너를 품어
눈과 귀가 멀어
온몸에 불을 댕기는
마른 장작 되어 전부를 던졌다

백 년을 기약하지 못하는
하늘에 맹세한 서약은
천년을 품고서
순간의 기억을 달구어
아낌없이 태워 버리고 말았다

단 하루를 살아도 뜨겁게 걸어야지

사랑의 순수

바람의 길 따라서 걷는 발끝에 그림자가 매달리듯
내 마음이 달려가는 곳에는 내 심장이 있고
내 손길이 닿고자 하는 곳에는 그대가 있어
내 방황하는 생의 닻을 내리기 위해
내 사랑의 순수함을 위해서라면
내가 먼저 옷을 벗겠어요

햇살에 가렸던 위선의 가면과 옷을 벗고서
내 모든 껍데기를 벗어 깨부수고
어린아이의 고운 맨살의 알몸으로
그대에게로 가겠어요

그대의 심장에 누울 수 있다면
양심의 부끄러움마저도 잊어버리고
돈의 위력과 학벌의 위대함과 지위의 왕관도
모두, 모두 벗겠어요

그대 앞에서는
사내라는 이유만으로도 충분해요

천상을 향한 사랑

내가 그대의 두 손을 잡기 위해서
나의 손에 쥐어졌던 많은 것들을 놓아야 했음에도
나, 그대를 선택할 수밖에 없었던
그대의 진실 앞에 감사한다오

그대와 나의 나신은 사랑의 통로가 되어
그대와 나의 사랑이 불꽃이 되어 자유를 누리게 하니
내가 소유하고자 하는 악취로 물들면
그대는 이 거리에서 떠나가겠죠?

사랑은 진실 앞에서만 모습을 드러내기에
오늘 또 어떤 모습으로 화하여 흘러간다고 하여도
이 세상에서 변화하지 않는 것은 없으니
나는 그대를 따라 나서겠어요

천상을 향한 사랑의 사다리를 오르며
불의 도가니에서 욕망을 정화하여
보석이 되어 순수한 영혼의 언약으로
나는 그대를 지키는 파수꾼이 되겠어요

가시

가시가 찌르는 것이
아픔을 토하는 눈물뿐이더냐
가시에 걸린 희열의 눈동자는 보지 못하였더냐!
남의 것을 탐닉하여 침범하는 음탕한 손
한방에 찔러 아름다움을 지키는 나의 가시는
너의 혈관을 따라 흘러서 심장으로 들어가고
심장에서 사지로 뿌리를 내려
아득한 너의 정신으로 과녁을 겨누었으니
소쩍새 울며불며
참회의 꽃 방울방울 맺히는 것을
그리고
또 다른 누군가를 위해
대신 피를 흘릴 줄 아는 가시가 되리라는 것을,

사랑의 진실

그대여! 그대의 사랑은 진실한가?
나는 사랑에 머물 수 없어 떠도는 바람인가?

어떠한 여자도 사랑할 수 있지만
잠에서 깨어나면
술 취한 언약은 바람을 타고서 사라지더라

욕망의 성취로 이글거리는 눈동자
거짓을 끌어 올리는 입 꼬리
음흉한 피 묻은 이빨을 감추고 있는 입술

가슴을 주면 더 아파하여야 하고
세상의 일회용으로 버려지는 게 싫어
보이지 않는 칼날에 감금당하는 게 싫어

내가 먼저 떠나가지만
내가 먼저 떠나가지만

나, 오늘을 사는 것은
꿈꾸는 환상을 횡단하는 것은
모두 다 사랑일 것 같아 울고 웃는다네

꽃의 바람처럼

남몰래 내려앉아
애타는 심정
고운 잎 지키려는 바람이려니,

내 작은 입김에도
잎새 날리어
눈물 구르는 몸짓 애처로워서,

그 영롱한 눈매에
닿을 수 없어
볼가에 입술 놓듯 도망을 가도,

바람 난 바람처럼
살결 스치어
네 입술의 미소를 훔치고 싶다

손 흔드는 여자

미소를 물고서 사냥을 나서는 남자들아,
믿고 있는가? 믿고 싶은가? 알고 있는가?
기다림의 철문을 굳게 닫으면서 배웅하는 손을 흔드는 저
여자를(사랑과 채찍을 들고)

아, 들리는가? 저 울리는 울대의 울림을
"돈 많이 벌어 와, 갔다 와, 잘 가."
겉모양이 약해서 남자의 목줄을 잡아야 하는 노림수는 내
면의 질투와 시샘이 강하여 치장하는 것을 좋아하지, 마음을
포위하여 고개 숙이게 하는 즐거움에 취하여 살지

남자들아, 떠돌기를 좋아하는 속성을 유혹하여 한 손으로
손을 흔들고 다른 한 손으로는 땅의 기둥을 잡고서 한곳에서
뿌리를 내리기를 원하는 여자라네, 다시 돌아오기를 원하면
서 빈손으로 되돌아오는 남자를 멸시하듯 문도 열지 않는 것
이 여자라네

남자들아, 보이지 않는 것을 보라!

나, 우리의 어머니가 손 흔드는 것을 단 한 번도 본 적이 없
네, 바람처럼 오면 오라하고, 가면 가라하고 사랑의 굴레를
모르셨어, 왜냐하면, 어머니는 자신을 위하는 원이 없으셨으

니까, 순간의 떨어짐과 짧은 만남을 애련하게 축복하셨지, 그
러나 기약 없는 이별 앞에서는 가슴의 무너지는 소리로 땅을
뒤흔드셨지

　나, 설움을 숨기며 고뇌할 줄도 알아 운명의 장난을 받아
주고 아픔도 삭이고 살며시 두 가슴을 열어 놓은 여인에게
내 사랑의 알몸을 누이고 싶다네

꽃 – 연약해서 아름다운 것

살아서 꿈꾸고 있는 것들
꿈틀꿈틀 꽃피우려 하는 것들
팔과 다리가 없어서
스스로 움직이지 못하는 것들
바람이 불어야 우는 것들에게
가슴만 남아있는 것들에게
모든 부족한 것을 채우고
물을 먹이고
땅의 살을 먹이고
보살피는 손길은 있어요

사랑의 실체도 모르면서도
사랑받기 위해 달음질하는 것들
사랑으로 살아야만 하는 것들
촉촉한 사랑의 단비를
입 벌려 받아먹는 고운 입술들
연약해서 아름다운 것들,

짝사랑

상사화의 꽃을 피울 때면 잎을 가고 없어
그대와 나도, 시간의 교집합을 이룰 수 없는 강인가?
지금, 황금 보화들을 꺼내 놓고 싶지만 나는 빈손이라네
돛단배라도 있으면 시간을 건널 수 있을까?
구름사다리라도 있으면 그대 곁에 오를 수 있을까?
그대 곁으로 가고 싶은 마음만 간절할 뿐
위태롭게 표류하는 나는 그대에게 갈 수가 없다네
나는 천사의 날개가 없어 그대에게 갈 수가 없다네

그대가 보고 싶어 마음을 실은 종이배를 띄우네
무거워 멀리 못가 가라앉아 버리는 내 사랑
내 사랑은 그렇게 숨을 멈추네, 숨어 버리네
내가 그대에게 달려간 만큼 그대가 돌아봐 준다면
내 심장의 불꽃이 꺼져도 나는 행복하다 하련만,
장미를 꺾기 위해서 넝쿨 속으로 손을 넣어 잡았어
하지만, 가시가 손가락을 찔러 피 흘리는 내 사랑
나는 진실이 아닌 거짓 속삭임을 알았네

출렁이는 파도가 나를 흔들었어,
검은 바위가 나를 위협했어,
나의 사랑이 안개의 콩깍지를 벗겼네
놀란 눈으로, 알몸의 노 젓기를 멈추었네

도시의 밤거리

　숙녀의 홍조 띤 얼굴로 수줍고도 부드럽게 내려다보는 조명등의 불빛 아래로 찬란한 귓속말로 다가오는 눈빛에 어둠이 점령당하고 몸을 유린당하고 마음이 유혹당하는 밤,

　그 안에 갇혀 버린 건물도 오로라에 비틀거리고, 쾌락의 침을 꿀꺽 삼키며 찌꺼기를 던진 사랑은 침대 모퉁이에 걸리고 광풍의 환란에 휩쓸렸던 눈동자는 서서히 평온을 되찾아 나른한 자동차의 맥박 소리로 가라앉고 땅 아래서 파도치던 지하철의 숨소리도 고요하고,

　아련히 잠이 든 골목길에는 가로등의 코 고는 소리에 떨어진 나뭇잎이 불빛에 잡혀 있다

그대에게 1

태초에 이 세상이 생겨나고
하나의 생이 시작될 때
하나의 질료에서 시작이 되었겠지요

당신은 아파서 누웠는데
당신을 지키지 못한 나의 잘못으로
나는 회초리를 맞습니다
그리고 눈물도 흘러내립니다
아픔이 아니라, 후회의 눈물입니다
당신을 모방하거나 위로하기 위한
감정이입이 아닙니다
당신의 아픔과 같은 내 슬픔입니다
너무 가까워 너무 행복해서 잊어버린
나는 당신의 일부였음을 알았습니다

이 순간이 가장 행복하다는 손이
나의 심장을 고동치게 합니다
감옥에서 걸어 나와
하늘을 우러러보는 순간입니다

그대에게 2

처음처럼 마지막으로
한 번의 숨을 몰아쉬면
이 세상과의 인연 줄도 끊어지는데
주어진 생명이 짧은지 몰랐네
무엇이 두려워서 숨어서 기어가고
산다는 게 힘들어서 가슴을 웅크리며
그렇게 짓눌린 노예로 살았네
이 세상을 살아간다는 건
살고자 살아가는 모든 것들이
생로병사를 피하지는 못하거늘
화살 꽂힌 심장으로
천년을 살아본들 무엇하리오
둥근 태양도 순간의 정상에 머물지 못하고
새로운 길로 다시 내려가는데
생에 생명을 부여한 것도
너와 나의 세상 놀음도
영원에 순응하기 위한 그것이 아니겠는가!

지금 저쪽에서는
말 못 하는 짐승도
먹었던 것들을 토해 놓는다네

제5부

나의 눈물도 사랑이었네!

「집으로 가는 나무 2」

비에 젖은 꽃잎처럼
고개 숙인 슬픈 날이었다

아, 어찌하리오, 심장의 박동이 지평선에 걸렸으니
아, 어찌하리오, 잃어버린 영혼을 찾아 놓아 버린 몸뚱어리,

모든 생명의 인연 줄을 놓아 버렸으니 목이 떨어졌다, 목이
떨어졌다, 목을 잃은 빈 바람이 사나운 호랑이의 눈썹을 잡
아당겼다

자신을 잃고 자식을 잃어버린 날이 몇 해이던가, 어둠이 삶
의 괴리에 짓눌린 가슴을 빼앗아 버렸고, 세월은 베로 몸을
꽁꽁 묶으니, 허물을 벗은 매미는 빈껍데기를 남기고 떠나 버
렸다

나의 비애는
영정 앞에서도
허연 밥그릇을 잡아당기어
울음을 멈추게 하는 운명의 장난 앞에
흔들릴 수밖에 없는 자아는
추하지만 어쩔 수 없이
치욕을 견뎌야 했다

꽝!

　굳게 닫혀 버린 철문 너머로 낯선 곳으로 가려는 몸짓은 불의 꽃으로 피어나서 연기가 되어 날고 있었다

　홀로 건너가는 모습을 보아야 하였고, 보내어야만 하는 자의 붉은 기도는 비애의 독백으로 허무의 몸짓에 불과했다

　잃어야 하는 것들과 보내야 하는 모든 것들을 화염 속으로 던지며 모든 추억을 지우도록 강요당하듯 불쏘시개의 사라지는 흔적을 지켜보아야만 했다

　사랑이 죽어 기억 속에 묻으며 살아남은 죄책감에 머리를 풀어 석고대죄하는 마음, 살과 피를 빼앗겨 버린 뼈마디 마디는 하얀 가루가 되어 안겨 와서, 심장을 꺼내어 땡볕에 말리는 고개 숙이는 날이었다

쓰러지는 밤

하얀 복도를 막아선 열리지 않는 문 '중환자실'
동그란 유리창 너머로 천사의 날개가 버려져 있다

바다 같은 침대 위에 떠 있기에는 너무 어린 3살배기 아기
새싹의 잎사귀를 태양에 말리기엔 너무 착한 천사

칼날에 몸을 맡기고 운명은 하늘에 맡기고 정신을 잃어
산소마스크에 짓눌려 보이지 않는 얼굴

내가 너의 아픔을 대신할 수 있다면
내가 너의 고통을 대신할 수 있다면…

기어오르는 밤은 검은 어둠 위에 암흑으로 덧칠을 하고 올
라설 비탈과 한 뼘의 땅도 허락하지 않고 가슴을 치는 울분
은 밤을 물어뜯는다

대신 고통을 당하는 사람은 그나마 평안히 잠들어도 버림
받은 아픔은 허무의 채찍을 맞으면서도 꿈적도 못 하고 외마
디 비명도 입술을 깨물어 삼키며 나락의 길을 걷는다

대신 벌서는 사람은 벗이라도 있겠지만 버림받은 가슴은
하늘을 찢으며 피 묻은 칼날로 고통 위에 아픔을 쌓고 있다

절망은 끝없이 기어오르고 희미한 희망은 말없이 부풀어 올라 빈 곳을 채우려다 쓰러지고, 나는 끝내 쓰러지는 짐승이 되어 밤을 저주하며 주먹으로 죽도록 두들겨 패고서는 내가 더 아파서 꺼억 꺼억 설움을 토하고 말았다

아, 하늘이시여
할 수만 있다면 나에게로 돌리게 하여라!

화장터에서

별의 마지막 숨소리는
꽃잎이 떨어지는 몸짓인가?

꿈들을 불살라서
하늘을 날아가는 살 타는 냄새는
생명이 생명에게로 가는 것인가?

삶의 흔적은 그렇게 지워도
가시지 않는 그리움의 갈증은
가슴 골짜기에 새겨진 황금빛 기억들은
태양의 빛도, 달도 별도 없는 어둠 속에서
나락으로 떨어지는 밤의 심정으로 울고 앉았다

아, 사랑아.
모태의 젖가슴에 흙을 파헤쳤던
내 가슴의 부끄러움들을 드러나게 하여라

그리움에 단비를 허락하여
손 흔드는 눈물의 한숨을 춤추게 하여라
그리고 님의 향기가 나의 숨결이 되게 하여라

지금은 기도하고 기도하는 시간이 되어
모든 사라지는 것들에게 작별을 허락하여라
안녕이라고, 안녕이라고…

제 5 부 나의 눈물도 사랑이었네!

한 송이 국화

두견새야, 모습을 감추어라
두견새야, 날개를 펼치지 마라

한 사람을 잃어버려
울먹울먹 울먹이다 멍든 가슴과
국화꽃 한 송이를 올리는 하얀 손은
오직 사랑만이 죄를 씻는 것을 알기에
한 서린 날개를 어깻죽지에 붙여 놓고
소용돌이치는 빛의 소동이 끝나면
하얗게 태운 재가 미련마저
한 번 더 태워 버리면
한 사람의 인간인 것을 포기하고
어둠의 밤을 향해 날아올라
내 머리가 피범벅으로 부서지더라도
가슴을 가로막은 문을 열어서
나의 죄를 고하여야겠으니

두견새야, 내가 네가 되어야겠다
두견새야, 네가 되어 날아야겠다

그날처럼

죽음에 입 맞추어
숨을 놓았던
그날!
가슴 찢는 고통은 나의 몫이려니,

하늘 향한 몸짓을
땅에 묻었던
그날!
내 붉은 눈물만이 제물로 올라섰다

술 취한 향불은
님을 부르며
그날처럼
온몸을 불사르며 애를 적시고,

모정의 횃불 아래서
조아리는 머리
그날처럼
불효의 마음을 장작 위로 누인다

불효자의 넋

오늘은 일 년에 한 번
사자(死者)에게 술 한잔 올리는 날인데,
형제의 우애를 단절한 나는
더는 발 디딜 곳이 없는
경계선의 바위에 올라서니
이심전심(以心傳心)의 바다는
파도의 전령사를 보내어
이 지상에서처럼
애간장을 녹이는 자식이 없는 곳으로
가난한 몸의 아픔이 사라진 곳으로
내 애심을 꽃가마에 태워 나르고
눈물은 돌려보내고, 돌려보내고,

해와 달과 바람에 휘어진 허리와
가시 박힌 얼룩진 몸으로
보릿고개 길을 넘으면서도
가슴에다 애정의 강줄기를 만들어 놓고
잘리지 않는 질긴 살붙이의
끈을 놓아 버린 사람인데,

바다야, 회오리의 채찍을 들어
세찬 돌풍으로 때려다오

술 한잔 올리지 못하는
불효의 마음을 할퀴어다오
울부짖음이 나를 삼켜 버리도록…

낙원을 잃은 명태

낙원에서 쫓겨난
동태의 부릅뜬 검은 눈동자가 걸렸다

굶주린 배를 채워 주던 젖
시원한 공기처럼 맴돌던 손
강추위에 맞서 새끼를 업었던 등
몸을 내어주던 바다가 사라져 버렸다

단 하나뿐인 사랑이 흘러내려
내 하나의 생명줄로 이어받아
그 하나만을 심장에 새겼는데

배를 절개하여 사랑을 도려내어
흐르지 못한 피눈물이 고드름으로 맺혀

그 하나를 빼앗겨 버린 자는
목줄을 꿰인 채로
해풍에 살을 말리며
감기지 아니하는 눈으로
슬픔에 젖은 눈동자로 하늘을 주시하고 있다

할미꽃 연가(戀歌)

거친 삼베옷으로
하늘 향해 곱게 누우신
우리 엄마의 이불 위에 피어 있는

홀로 외로움을 감내하는 듯
슬픈 이야기를 감추려는 듯
하얀 너울 바람 되어 날아갈 듯

그 사람은 어디 가고 없지만
슬픈 이름으로 마중 나와서
허리 굽히는 할미꽃

누구의 소식을 기다리기에
휘몰아치는 설움을 감추려고
고개 숙이는 할미꽃

단아한 백발의 모습과
눈가의 주름진 미소는
우리 엄마의 얼굴을 비추는데

꽃님들이여,
하늘 향해 흩날리거든
내 그리운 아픔도 가져가려무나

12월 애(哀)

불타는 태양
춘하추동 목마는
달 위에 걸려 있는 꿈을 떨구고

한 잔의 술
동짓달의 애심은
생의 뒤안길에서 헛웃음 켜고

빛 고운 낙엽
쳇바퀴의 흔적은
허무의 바람으로 가슴에 안겨

숨 멎을 노을
낮과 밤에 목 달린
한숨 소리만 무심한 밤을 울린다

혼의 등불

봄날의 미소가 그냥 왔던 적이 있는가?
언 가슴을 칼날의 피로 물들여 놓고서
비로소
새끼들 키우지 않았는가?

생의 환희가 쉽게 온 적이 있는가?
죽음보다 더 깊은 어둠을 깨뜨려 놓고서
비로소
엽서를 띄우지 않았는가?

삶의 성숙이 불처럼 켜진 적이 있는가?
고뇌를 불태운 밤의 흔적에 젖어서
비로소
앓음. 앓이로 서성이지 않았는가?

사랑의 등불이 켜지길 원한다면
두려움을 바라다보는 심지를 세우면
비로소
하얀 나비 날아오르지 않았는가?

회상(回想)

한번 둥지 떠나간 새는 다시 돌아올 일이 없건만
희미한 밤안개 속에서 흩어져 버린 날들을 주우며
기억의 끄트머리 잡은 틈 사이로
잡을 수 없는 강물처럼
아니, 폭포수처럼 쏟아지는 건
평안을 염원하는 마음
그 기도 또한 영원히 변치 말기를
하늘 향해 날리는 손짓,
눈물에 젖지 않는 향기,
밤의 정적 소리에
고개를 내밀어
아주 멀리 사라져 버린
내 사랑을 불러 보다가
밤이 바람에 깨어나 울면
나도 온 밤이 새도록 사모곡을 외쳐 부르리

사랑의 빈자리

한 마리
하얀 나비
무거운 날갯짓을 멈추고서는

매서운
칼바람에
발버둥을 치면서 따라갔어도

노을의
얼굴처럼
내 붉은 눈시울을 적시어도

바람이
심어 놓은
뿌려진 씨앗들이 싹을 틔우네

보름달을 부수다

남쪽의 하늘 아래에도
저 달은 서성이고 있겠지!

둥근달이 마음의 강을 건너와
쌓이고 쌓인 보따리를 풀어 헤치면
보고픈 이들의 얼굴을 모닥불로 피워 올린다

금의환향의 맹세는
한 평짜리 벽에 껍딱지처럼 쪼그라 붙어
내 울음보가 터질까 봐 입술을 깨물었다

매미 그치자 귀뚜라미 울어 젖히고
태양이 그치자 달이 환히 웃는 밤에
새어 나오는 소리 두 손으로 움켜잡아
쏟아질 것 같은 소나기 어둠 속으로 뿌린다

넘치는 울분으로
강 저편으로 송편을 잡아 던져 버렸다
쨍그랑……
보름 달빛 부서지는 소리 들릴까?
마음의 귀 쫑긋!

고향 생각

그 사람이 보고파서
회상하니
피어나는 아지랑이의 미소에
스며드는 외로움,

그날들이 그리워서
돌아보니
뛰어가는 눈물방울의 그림자에
맺혀 있는 서러움,

레일 위의 안달 난 기차는
손을 흔들며
기적 소리로 나를 부르며 섰어도
멀고도 멀어 닿을 수 없는 곳이라,

저 산천 너머에는
당신이 없어
달려갈 수 없는 내 마음은
군불 지피는 달의 향수를 찢는다

노을

내 하루의 모가지를 베어서
피 묻은 손을 씻고 있는 광대여

나는 아프지 아니한데
너는 뒤돌아보면서 서성이누나
나는 슬프지 아니한데
너는 넋을 놓고 헤매이누나
나는 아무 말 없는데
너는 유정을 떨구며 앉았구나

나를 부르는 너의 피 끓는 목소리
내 두 귀가 먹어서 들리지 아니하구나
몸을 떨고 있는 파도가 내 영혼을 두들겨도
나는 오늘도 너를 등지고 걷는구나!

너의 쓰러지는 애간장 타는 몸짓
내 두 눈이 멀어서 보이지 않는구나
이별은 언제나 추억을 남기거늘
내 속에 네가 앉을 곳이 없어 슬픈 노을이여!

제6부

나는 나의 춤을 추겠다

「해제」

내 마지막 날에

소유하고자
구렁이 남의 담을 넘어
유혹으로 얼룩진 눈빛이 욕망이라면,

하나가 되어
서로에게 물 한 방울 건네는
목마른 낙엽의 눈물 젖음이 사랑이라면,

내 마지막 날에,

허물을 켤 때
남은 피 한 방울 불태울 때까지
흩뿌리지 아니한 이기심을 부끄러워하리라

배가 오기 전에

나 홀로
기다렸던 배가 오기 전에
버려야 할 것들 버리고 비워야 한다

온갖 것 쌓아온 것들
추억으로 간직하고 있는 것들
기억의 저장고에 숨어 있는 것들
뒤엉켜 붙어 곰팡이 썩는 냄새 풍기는 것들
버리고 버려도 버리지 못하고 있는 것들
지울 수 없다는 듯 엉겨 붙는 것들
낡아도 잊어버려 남겨진 것들
무거워서 옮길 수 없는 것들
화염이 축제로 불타오르면
불쏘시개가 되려나

배가 도착하면
나비 되어 가뿐히 떠날 수 있게…

생의 길에서

담배의 불꽃처럼
타들어 가는 생에서
사라진 세월 속에서
무엇을 이루었다
무엇을 잡았노라
자랑하오리까!
버려지는 꽁초의 몸으로,

그러나
타들어 가는 몸짓으로
구름의 꽃 같은 불꽃으로
가야만 하는 것은
두려움 같은 어둠을
태우면서도 사랑하는 것

그것이
생의 유일한 의미로
다가섰습니다

지상 최후의 날을 위하여

오, 사랑하는 사람들이여, 사랑했던 사람들이여,
혹시, 오늘 밤이 이 지상에서의 마지막이라고 하여
그림자와 같은 죽음이 우리를 갈라놓는다고 하여도
나, 우리의 사랑을 찬양하는 것은
그 깊은 한순간의 행복감으로
나는 버림을 받아도 여한이 없기 때문이오

그대를 찾아 헤맸었던 해산의 고통은
그대를 찾은 기쁨의 물결에 휩싸여 대해로 떠내려갔으니
나를 위해 슬퍼하지 마오
나, 죽어도 후회하지 않는 것은
함께 있을 때 우리는 너무나 행복했기 때문에
질투의 신이 우리를 일찍이 떼어 놓는 거예요

사랑은 사랑으로 꽃피어 사랑에게로 가는 것이니
어두울 때 빛은 가장 빛나는 것처럼
이별 앞에서 우리의 사랑을 시험하려는 것은
사랑의 깊이를 측정하려는 것은 죽은 질투의 장난이라오
함께했던 순간 속에서 나는 영원을 누렸으니
수많은 사랑의 꽃 피우기를 기도할게요

누구이시옵니까?

내 삶의 두 손을 뚫고 나온 대못으로 가슴에 못질하듯 밭을 일구어 사랑을 심어 놓은 사람은 누구이시옵니까?

내 육체에 삶의 보따리를 양쪽 어깨 위에 매달아 놓고 눈물로 매달려 석양을 부여잡은 것은 누구의 손짓입니까?

바람은 어두운 구름을 이제 가자, 가자 잡아당겨 찢기어진 구름의 틈 사이로 예쁜 별 하나는 누구의 얼굴입니까?

가시면류관의 상처를 어루만지는 듯, 한 줄기 별빛이 내려와 가시나무의 눈물을 닦아 주는 것은 누구의 기도입니까?

내 살과 뼈를 천체의 기둥으로 세워 놓고 정신의 기둥도 세워, 욕망의 바벨탑을 부수는 그대는 누구이시옵니까?

천국이라는 나라

그대여, 나는 죽고 또 죽어도
나의 상상력으로 세운 허상의 나라에 들기를 원하지 않네
그 누군가가 만들어 놓은 그 세상으로 가기를 바라지 않네

그대여, 나에게 주어진 나의 생이기에
나의 선택은 내 마음 미치도록 즐거운 삶을 살고 싶네
육체의 생을 마칠 때까지 나를 사랑하는 길을 걷고 싶네

그대여, 이 순간의 삶이 소중하기에
이 세상의 삶처럼 자유의 굶주림으로 허덕이고 싶지 않네
훗날의 헛된 망상으로 시간을 낭비하고 싶지 않기 때문이네

그대여, 내가 선택한 나의 삶은
가시가 뼈를 파고들어도 나는 진정한 내가 되고 싶다네
다른 누군가에게 머리를 조아리는 것을 거부하기 때문이네

그대여, 믿음으로 세우는 나라를 위해
내 영혼을, 내 심장을 선악으로 나눌 수 없는 것처럼
나를 반석으로 기둥을 세워 가난한 자에게 물 한잔 베푼다네

망상의 그물에 걸려

이 목숨의 생명이 다하여
이 연약한 갑옷을 벗고서 내려놓을 때
나는 무엇이 될까?
회색빛 안개가 자욱한 망상으로 고개를 내밀어 본다
고요히 참선하다 뒤지게 얻어터지는 바위가 될까?
묵언 수행으로 입술을 깨무는 수도승은 어떠할까?
금으로 휘감은 황제의 아들은 어떠할까?
한 치의 앞도 비추지 못하는 망상의 나래는 하늘을 난다

이 육체의 생명이 죽어서
이 가시에 붙은 살이 젓가락에 발리면
나는 어디로 갈까?
별빛 하나 없는 눈감은 절망이 두려움으로 엄습한다
나를 마중 나온 엄마의 품에 안길까?
홀로 불성의 성품을 찾아야 하나?
큰 죄는 아니 지었기에 천국으로 들어갈까?
살아 보지도 않았는데 그려 보는 세계의 창조주가 되어 간다
망상의 자유가 미쳐 날뛰는 밤에…

죽음의 침대에 누워

죽음은 새로운 씨앗을 뿌리는 존재의 행위
매 순간에서 순간으로 붙어 다니는 그림자의 눈길
죽음이란 안락한 침상에서 잠자는 것,
죽음은 헤어짐일 뿐, 자아의 소멸은 아닐진대
공포의 두려움은 으스스한 한기로 스며들고
땅을 삼키듯 흘러나오는 한숨은
생의 탑들을 흔적 없는 공터로 지워 버리고
붙잡은 손아귀에서 벗어나려는 노력의 배신감은
불멸의 영원이라는 허황한 거짓 개념에 속아
시간 속에서 영원을 꿈꾸었던
이상에 도달치 못함을 자괴하는 책망이로다

지금 무덤이 어디에 있더냐?
오늘 썩어 가는 곳이 어디에 있더냐?
우리는 매 순간 함께 사선을 넘나들지 않더냐?

하늘에서는 하늘의, 땅에서는 땅의 질서가 있듯이
불을 통과한 이후의 일은 생각지 않고 싶다
이제는 스스로 생을 소유한 듯 살아왔던 삶을
하늘과 땅을 달리는 숨결과 조화를 이루고 싶어진다

나를 가장 슬프게 하는 것

상처가 아픔의 눈물로만 채우는 것이 아니라
그 물줄기 따라 맑은 샘물도 고여 흐르더라

떠나가는 모든 것들이 나를 슬프게 하지만
이 옷을 벗어 놓을 때 이 허물을 받아 든
내가 사랑했던 사람의 남겨진 자의 두 손과
사랑이 나를 제일 아프게 하는 줄 알았다

하나의 우주를 임신한 인간이기를 거부하는 듯
잡을 수 없는 시간과 사투를 벌이기를 포기하는 나
내 안의 나와 사랑하고 미워하며 비워 가는 듯
물속의 미꾸라지 같은 상념을 바라보고 있는 나
그런 내가 나를 가장 슬프게 하는 줄 알았다

땅에 기어 다니는 것들이 도망하러 가다가
내 발에 짓밟혀 몸통 터지는 소리가
나를 가장 소름 끼치게 하는 줄 알았다

지켜야 하는 것은 지켜야 한다며
성장하고 성숙하는 게 우리의 숙명이라며
등짝을 떠밀던 바람이 가장 미운 줄 알았다

나는 몰랐다

천년의 역사도 몰락게 하는
고사성어가 나에게서는 비켜 있는 줄 알았으니
높은 성벽과 고운 얼굴을 허물게 하는 게 있었으니

사람이 떠난 자리에는 다른 사람으로 채워지고
사랑이 떠난 자리엔 기억의 장벽도 무뎌져 가고
생명마저도 앗아가는 세월이 나마저 저버린다는 것을,

촛불의 불꽃

촛대에 몸을 세워
불꽃에 몸을 맡겨 버리고
촛농을 밟으면서 밤을 건너간다

심지를 다 태워야 꺼지는 불꽃
불어오는 입김에 흐느끼는 듯
홀로 아픔을 삼키는 눈물의 꽃

불꽃의 오로라는
어둠을 유혹하는 환희로 번져
사랑에 눈뜬 밤은
불나방처럼 몸을 던져 내리고
나의 밤은 부활로
불사조로 훨훨 날아오르는데,

불빛의 전령사는
타오르는 게, 껍데기뿐이더냐?
내 욕망의 질감도 툭, 맛을 보네!

나, 여기에서 살으리랏다

산에 살면서도 산을 그리워하는 짐승처럼
물에 살면서도 물을 그리워하는 물고기처럼
침전하지 못하고 떠도는 오욕의 마음은
언제부턴가 인적 없는 어딘가를 그리워한다

내가 등 돌리고 누운 까닭은
몽유병 환자 되어 환상에 젖으며
정신은 사방천지로 날뛰며 돌아다니고
미지의 세계로 꼬리를 흔들어 꿈꾸는 마음,

내 족보가 못마땅할지라도
여기로 다시 돌아와야 하는 것은
내 육체를 뿌리를 내려 발 딛고 있는 곳
언젠가는 뼈와 살을 묻어야 하는 곳
돌아가야 하는 길목이기에
꿈쩍없는 바위처럼 자리를 지키어
달그림자의 미소 미끄러져 흘러내려도
바늘귀의 틈도 허락지 않는 무쇠 바위 되어
떠도는 바람 같은 마음을 낚아채어
나,
지금 여기에서 살리라 살으리랏다

조약돌의 노래

나, 수천 년을 견디며 여기까지 왔다네
이 하늘 아래에서 좋은 일만 있었으련만
풍파의 채찍 소리 들어 본 적 있는가?
때로는 어둠의 바닷가에 버려진 듯이
겨울처럼 오지는 마라, 오지를 마시라,
비바람도 그렇게 오지는 마라, 외쳤다네

나, 파도에 의지하여 여기에 서 있다네
모든 허물을 덮는 물거품의 노래 들으며
나는 나의 온몸을 정갈하게 씻는다네
어둠이 깊으면 푸른 빛의 이슬이 되어
외로운 꽃으로 달려가는 별 무리를 보며
내 영혼의 꿈이 안으로 여물어져 간다네

나, 별들의 꿈 좇아 여기까지 왔다네
푸르름이 춤추는 나라에 숨겨 놓은 비밀
밤길을 헤치는 소리 들어 본 적 있는가?
지치고 목마른 짐승에게는 물방울의 사랑을,
삶의 무게가 힘겨운 자에게는 위로와 꿈을,
나는야, 별빛을 온몸에 세기며 뒹굴고 있다네

무지(無智)

나,
두 팔 벌린 밤낮에 몸을 맡겼었다.

해의 목마와
달의 등에 업혀서
쉼 없는 초침(秒針)의 입 벌림에
어미의 날아오르는 분침(分針)의 날갯짓으로
매듭 하나씩을 풀어 가는 밤낮의 시침(時針)들은
두 발로 달려가는 월(月)로 몸을 키우고
네발로 기어서 춘하추동을 건너며
삶을 일구는 것을 알지 못했다.

선악과 미추를 배웠고
살생과 간음과 도둑질도 익혀
토끼처럼 살기 위한 달음질로 달렸다

가을에 닻을 내려놓고
쇠퇴한 나락으로 접어드는 나에게서
익어 가는 알맹이를 거두려는 손길로
껍데기를 깨부수고 있는지 모르겠다.

사랑하는 사람에게 남기는 말

그대여, 꿈꾸지 마라
그대가 만들어 낸 환상의 그림자일 뿐,
만약에 그런 날이 온다면
이끌려 온 것이거나 붙잡혀 온 것이 아니라
그대 스스로가 이루었음이라

그대여, 춤추며 기뻐하지를 마라
펼쳐진 날개의 깃털 사이로
슬픔이 뱀의 눈동자로 초점을 맞추고
기회를 엿보고 있음이라
남은 슬픔을 위해 남겨 두어라

그대여, 슬퍼하지를 마라
오는 것은 와야만 하고, 가야 하는 것은 가나니
자신을 스스로 욕보이며 자책하는 꼴이니
어둠이 삼켜 버려 헤어나지 못하는
어둠의 골짜기로 떨어질까 근심하노라

그대여, 의지하지 마라
하늘이나 땅이든, 바다나 신이든, 태양이나 달이든,
그대의 스승이든 상관없이
그대가 머리를 조아리는 순간 그대는

종이 되고 그는 주인이 되어 지배할 것이라

그대여, 중도로 걸어라
마음이란 멈춤 없는 구름같이 흘러가니
외줄을 타듯 어느 한쪽으로도
기울어지지 말아야 할 것은
한쪽을 선택한 만큼 한쪽에게서 멀어지는 것이라

그대여, 옛길에서 벗어나라
한번 지나간 것은 두 번 잡을 수 없고
미래의 희망이라는 아가리에 먹잇감을 던져 줄수록
그대는 그대 자신을 놓치게 되느니
지금 순간의 꽃을 피우기를 원하면서

이 말 또한 반석으로 묻히기를…

살아가다 보면

살아 살아가다 보면

외줄을 타듯 건너야 하는
파고드는 칼날을 견뎌야 하는
응답 없는 기도에 가슴 찢으며
생명으로부터 도망치고 싶은 날들과
피하고 싶은 눈을 마주쳐야 하겠지만

살아 살아야만 한다면

꽃잎들이 햇볕에 그을려 떨어지고
나뭇잎은 폭풍우에 매 맞아 눈물짓고
가장 낮은 곳에서 길 잃은 낙엽처럼
대지 위에 누워 가난한 아기의 울음소리로
시린 손으로 심장을 부여잡고 기다릴 테요

잠시 머물다 가는 환희일지라도
웅크리고 앉은 내 생의 봄날을 위해…

제7부

시인(詩人)

「시간의 집 2」

시인(詩人)

언어로 살아야 하는
시인들의 절박함을 나는 사랑했던가?
자기 자신을 포용하듯
사랑을 사랑으로 사랑해 본 적이 있었던가?

아귀다툼의 세상같이
입가에 피를 흘리며 웃음 짓는
오욕으로 가득 찬 내 마음속으로
몸으로 빛을 밝히는 촛불처럼
나에게서
말 없는 관조의 시는 등대 같았다

시인은
세상을 새롭게 건설하기 위한 거센 몸부림으로
창조의 희열로 춤추게 하는 한 세상을 위해
닻의 굵직한 손으로 펄을 뒤집고 있었다

정신에 머물 수 없는
구름의 탯줄 같은 것을 찾아서
스스로 미끼 되어 침전하여 들어가
땀방울의 시어를 낚아 올리고 있었다

오늘도
사유의 동굴 속으로
긴 줄과 작은 찌를 드리운 채
입김의 소리에 눈을 맞추고 앉아 있다

시인의 집

한 채의 집을 지으려고
백 년을 날아올라도 허물어지지 않는
그런 한 채의 집을 세우기 위해
수천만 번 기둥을 세워도
바람이 불면 중심 없이 쓰러지는 집
누군가의 입김만 스쳐도 무너지고 마는
얄팍한 껍데기의 집
누가 보아도 위태하게 쌓아 올린 집
그런 집을 세상에 내어놓기가 부끄러워
오늘도 고뇌를 입에 물고 강을 건너가네

사랑의 성채로 지어도
한 세대 앞에 허물어지는데
바람으로 짓고 있는 집
간절함으로 외로운 혼을 붙잡고 있다
그리고
언어를 결박하여 묶어 놓은 집들과
허물어져 버려진 집들을 모닥불로 지펴
가슴을 뜨겁게 달구고 있네

시인의 길

내가 나의 참된 삶을 살기 위해
비워서 충만해지는 삶을 위해
살갗을 벗기고
가슴을 베이는
아픔을 넘어서
오래 견딘 뿌리의
속을 다져서
인간의 꽃을
심층으로부터
만개하고자 한다

삶의 극점에서
단 한 번 피는 꽃이라도
등대의 길이 되고
부력이 되어
뼈와 살에 새겨
피가 흐르듯
심층으로
침투하듯
들어가고자 한다

시는 그렇게 오는가?

봄 가슴으로 스며든 것이 틈 사이를 헤집어 한 줄기 햇살을 등에 업고 어슬렁어슬렁 기어가는 고양이의 발걸음의 울림처럼 그 무언가가 꿈틀거리며 나의 가슴을 두드린 것은 바람이었다

하지만, 바람에 실려 가는 구름이 내려놓는 이야기를 알 수 없어, 바람의 말을 들으려고 바람이 달려오는 길목을 찾아 눈 감은 벽을 응시하니 내 가슴의 문이 단단히 닫혀 있었다

가끔 가슴을 스치는 바람과 혼자라는 사실이 버거울 때면 기척을 느끼는 방향으로 기웃거리며 답답한 정신의 벽 앞에서 귀를 기울이곤 하였다

그렇게 나는 그 무엇을 기다리면서 바닥에 무언가를 쓰다 지우고 벽면에 환상을 그렸다가 지우고, 닳아서 팬 곳에는 헝클어진 활자들이 엉겨 붙었다

바람이 나에게로 다가와 말을 걸어 주었을 때 그가 문틈 사이로 희미한 사유를 건네주었을 때 나는 스스로 벽을 허물어야 하는 이유를 찾을 수가 있었다

나는 오늘도 어둠을 물고 앉아 아무것도 보이지 않은 문틈 사이를 응시하며 바람이 불어오기를, 그도 틈이 열리기를 기다리고 앉았다

시인(詩人)의 마음

유성같이 떨어진 것이
개화의 향기로
하늘을 휘감은 무지개는
떠나가는 바람에서도 사랑을
흘러가는 구름에서도 사랑을
살아가는 생명에게서도 사랑을
시냇물에 걸터앉은 가로수처럼
살아 있는 척하는 것들에게
돌멩이를 던지는
미소,

아기의 눈망울에서
사랑을 건져 올리는
시인(詩人)은 미소로 화답한다

바람

어느 날
바람이 불어서 비로소 시작된 생이
바람에 휘날려 날아와 생명으로 뿌리를 내려,

때로는
바람의 모진 풍파로 대지를 다지는 시련을 거부하면서
바람의 채찍에 구멍 난 가슴으로 몸 뉘어 신음하면서

한때는
바람의 전설에 안기어 만개한 꽃들의 향기에 젖어
바람에 실려 온 꿈같은 거리의 성소에 들기도 하였었다

이제는
바람과 함께 거닐었던 거리와 생의 모든 나날과
바람이 데리고 온 만개한 삶의 문을 닫으려고

또다시
바람에 의지하여 새 생명을 떨구어 놓고
바람을 타고서 이 한 몸의 생이 나부낀다

길 - 떠도는 말

그대는 어디로 가고 있는가요?
바람의 입김에 실리어 가는 길 위에서
구름의 가지 위에 걸터앉아 고뇌를 씹고 있나요?
어디론가 날아가서 누군가에게는 금강경으로
누군가에게는 이정표의 반석이 되기도 하고
누군가에게는 가슴을 후벼 파겠지요
또다시 바람은 불고 중심이 없는 그대는
갈 곳도 없어, 고향도 없어, 유령처럼 떠돌다
난파선이 되어 가라앉을 때까지
차라리, 침묵이 낳을 때도 있어요
다리가 없어 바람에 의지하여 몸을 일으키고
고삐가 당기는 대로 끌려가네요
나의 가슴에 내려앉아 뿌리를 내려
내 몸과 피가 되고 골수와 한 몸을 이루어
그의 형체는 흩어지듯 잊히고 사라졌지만
아름답게 수를 놓은 몸짓의 의미를 부여잡은 채
지금은 조금 더 부드러운 되새김질하고 있어요
나는 푸른 초장 위에 뿌려 놓은 씨앗들의
열매를 거두러 가을로 향하고 있어요

기다림에 대하여

몰래 창문을 넘어오는 것은
그의 정체를 발각되기를 원치 않는다
눈부심으로 예민하게 정신을 조각하듯
시큼한 향으로 푸르른 후각을 깨우면서
밀물과 썰물을 줄다리기하듯 서성거렸다

자신의 몸에 글자를 새기는 작업이라서
입이 없어 말 못 하는 대지의 향기라서

알려진 것에서 감추어진 것의 다리를 찾아
형언할 수 없는 그것을 향하여
이름보다 더 고귀한 것을 찾아서
귀에 걸리는 이름과
심상에 걸려 있는 바람을 잡으러
산고의 진통을 겪으면서
세상으로 모습을 드러나는 신비와의 만남을
그의 이름과 그의 몸에 걸맞은 옷을 입은 모습에서
시인은 축복이라고 가슴이 쓴다

그의 숨겨진 밀어의 특유한 체취를 맡으며
의미의 꽃가루를 묻혀 세상으로 날아가는
그런 날을 서로 기다리고 앉은 것이다

다중인격체

누가 내 순록의 눈 같은 영혼의 대지 위에 선악으로 물드는 정신을 심어 놓았다

귓가를 스치는 간지러운 유혹으로 바람에 살랑이며 몸뚱이를 사육하는 모습들과 익어 가는 거물들의 요동치는 아우성을 듣는다

나의 분신이라는 그릇으로 매달려 있는 것들과 내가 동물적으로 깨어날 때 함께 일어서는 부끄러움들을 나는 정의를 부르짖으며 도덕의 칼로 양심의 칼로 목을 베고 만다

또다시 밤의 어둠처럼 기어오른다

내 안에는 다른 세계와 연결된 수많은 통로가 있어 틈을 찾아 비집고 올라서려는 세간의 우두머리들이 노예처럼 숨죽인 것들이 호시탐탐 기회를 탐하고 있다

무장한 신념이 순간을 지배하고 다스리는 제국에서 잎사귀를 방패삼아 때를 기다리고 있는 수많은 모습을 강한 마음이 잠재우며 달래며 이끌어 가면서 삶이라고 부른다

순간에서 순간으로 살아가는 나는 누구인가? 그것을 직시
하고 있는 나는 또 누구인가?

나는 하나가 아닌 다중인격체이외다

사랑에 대하여

내가 너의 입술에 닿을 수 없다면
지금은
나는 사랑을 알지 못하니

내가 너의 가슴 위에 앉을 수 있다면
그때
나는 사랑을 사랑이라 노래하리라

사랑은
술 취하여 황홀감에 젖어
춤추는 가슴으로 바보가 되는 것,

사랑은
죽도록 생명을 쏟아 놓고서도
미소 속에 두려움을 칼날로 베어 버리는 것,

사랑은
천국의 사닥다리를 오르내리며
무지개의 속삭임에 무너지는 몸짓이어라

장벽에 대하여

아주 옛적부터
조금씩 무뎌진 감각처럼
무의식 속에 층층이 쌓이어 있는
있는 것과 없는 것의 그물망에 걸려
먼지가 벽에 벽을 쌓으며
바람도 서성이다가 되돌아서고
덫에 걸린 외로움이 두려움을 포식하여요

넘을 수 없는 차별은
사랑도 퇴적물이 되고
불안한 미래도 함께 잠들어
내일의 아침을 약속받을 수 없는
뜨겁지도 차갑지도 못한
장벽 앞에 서 있는 사람이 병들어 가요

사람과 사람 사이에 가로막혀
길도 잃어 방황하여도
아침의 햇살이 밤을 부수듯이
우리는, 너무 멀지도 않게
너무 가깝지도 않게
바람의 통로를 열어야겠어요

침묵에 대하여

두 눈을 감은 가슴으로 침묵의 향기가 젖 물린 엄마의 미소처럼 번져 와 이불을 덮고 있습니다

시작을 알리는 아기의 울음소리에서 분출하는 뜨거운 숨결과 추워도 옷을 벗어야 하는 가난한 나무에서도 나는 나와 함께 지켜보고 있는 그대를 보았습니다

내 봄날의 영광을 삼키려는 사선(死線)이 달려와 스산한 안개 속으로 데리고 가는 흐릿한 기억 속에서도 나는 내 곁에 머무는 그대를 봅니다

그리고 눈이 내려와 나의 흔적들을 묻을 때도 길가에서 노래하는 사람들처럼 그대는 그렇게 빈 배로 남아 있겠지요

그대와 함께했던 수많은 날 속에서 소음의 먼지로 수없이 많은 옷을 겹겹이 주워 입었기에 그대와 나의 거리가 얼마나 좁혀졌는지 모르겠습니다

지금은 그대가 머무는 나루터에서 출렁이는 물결에 나를 내려놓으며 스스로에게로 침잠하기를 기다려 영원의 그대가 나를 집어삼키기를……

기다림의 날들이

달을 타는 나그네에게
또 하루가 한쪽 편으로 비켜설 때면
애타는 마음이 힘없이 무너져 내린다

고해(苦海)의 바다에서
무거운 아집(我執)을 떨구지 못해
오늘도 떠날 준비를 하지 못했나

빈 허공을 방황하다
또다시 멀어지는 일몰의 미소는
아마도 나를 향한 희망의 불씨이런가!

놓쳐 버린 그 순간은
지금은 깨어남의 기다림으로
아직도 문을 두드리고 있는지 모르겠다

아,
재회의 입맞춤을 기약하며
눈물 고이며 흩어지는 날들이여!

영원을 향한 마음

새벽의 여명이 문을 두드리고
아침은 감미로운 미소로 내려앉고
일터로 나서는 농부의 어깨에서 살랑대는 삽
하늘 높이 권력을 차지한 태양의 독재에
새싹을 틔워 익은 열매들 고개 숙여 참배하고
쫓겨나는 뒤꽁무니는 검붉은 피를 흘려
승리의 환희는 용서의 그림자를 드리우고
잠시 평화를 찾은 도시는
불꽃의 범람으로 몸살을 겪는다
아직도 잠 못 드는 사람들은
평화의 사도들 기도 소리로 번져 오르고
밤에도 사냥은 계속되고
나에게 덕지덕지 붙어 있는 거친 흙의 잔재
야욕을 지지하는 달은
지지자들을 이끌어 모아 희망을 이야기하고
초롱초롱한 별 무리의 토론 소리는
참새 떼처럼 무성히 시끄럽다

내일을 향해 가는 길에 가만히 머무르는 것은 없고
오직 변화의 몸부림에 몸과 마음은 지쳐 가고
내 사랑만큼은 가락지 끼우던 날의 서약을 잊지 말라고
영원히 변치 말기를 겁박하고

시간의 범주에서 시제 없는 그림을 그리며
어제와 오늘이 둥글게 섞이고
그 위로 내일의 색이 덧칠하며 포개고 덮여
나는 나의 색을 잃어버렸다
나는 나의 영원을 잊어버렸다

나의 고독이여!

습한 곳을 찾아서 떠도는
나의 고독이여,

이제는 눈의 불을 켜서
나를 먹이로 집어삼켜도
나의 붉은 핏물이 두렵지 않음은
나의 가슴앓이를 사랑하게 되었으며
밤과 낮의 먹이로 살찌우게 하였으며
삶의 문을 열 때부터
낡은 생각에서 벗어나기를 원하며
고요로 문을 닫는 줄을 앎이라

침묵의 자장을 흘려보내
텅 빔으로 춤추게 하고
텅 빔으로 충만케 하는
나의 고독이여!

마음이라는 그릇

내 안에 네가 있어
네가 흔들리면 나는 안절부절
네가 잠잠하면 나는 잠들어 버려,

돈을 담으면 돈이 있고
신을 섬기면 신이 살아가고,
지식을 모으면 지식들이 쌓이고,

어디에 뿌리를 내려
얼굴도 보이지 않은데
사랑과 미움들이 자라나는지,

많은 것을 담고도
적은 것을 담고도
빈 그릇으로 사라지니,

내 안에 있는
그 그릇 참 묘하다

제8부

조선의 여인

「이부탐춘」

여인1 – 논개의 충절

나라 빼앗긴 여인
적장 껴안은 여인
의암에 몸 던져 산화(散花)하여서,

열 손가락의 약속
반지에 새긴 절개
남강에 떨어져 침수(沈水)하였겠는가?

슬픔의 역사 아래
흩어진 이름 불러
순국(殉國)의 향기로 가슴 헤쳐 놓고,

의혼(義魂)을 실은 강물
촉석루 돌고 돌아
어머니의 나라 바다로 흘러갔겠는가?

여인2 - 한(恨)을 품은 여인

태양의 비명
온 누리 덮어
불타며 쓰러지는 님의 외침에,

사랑의 길 따르는
태양의 연인
강물 속으로 함께 가라앉는다

활시위를 당기는
별이 된 여인
떨리는 한쪽 눈에 눈물 고여도,

남쪽의 하늘 위로
날아오르는
화살의 촉에 붉은 마음 싣는다

누군가의 가슴에
내려앉으면
용서보다 더 깊은 회개 하려나?

여인3 – 남존여비(男尊女卑)

어릴 적에는 아버지를 하늘같이
시집가서는 지아비를 섬기고
늙어서는 아들을 따르는
법도의 틀에 평생을 찍혀서
"남녀유별이니
암탉이 울면 집안이 망한다."
망발로 각인된 세상에서
남존여비로 버림받아
이름 없는 유배지로 떠난 여인아,
성도 이름도 없는 노예가 되어
슬픔으로 채워 버린 기억들을
타협해 버린 날들의 비애를
순종의 미덕이라 한다

이제, 여인의 삶을 앗아간 굴레와
숨 막히는 가공의 틀을 부수며
두 눈동자에 갇혀 몸서리치는
새날의 울림들이 들리는가?

역사는 부끄러움을 토해야 한다
처절한 아픔으로……

여인4 - 심청아

가련하게도 가진 게 없어서
대적할 힘이란 게 없어서
그녀의 몸은
그 누군가에게서 등을 떠밀렸다

말 못 하는 침묵으로
좌절의 물거품을 토하고
선택 없이 가라앉는 가슴앓이는
두려움이 만들어 낸 파도를 따라갔다

무지의 추악함을 고발하는
조용한 분노.
몸을 떠밀리는 것 외에는
할 게 없는 분노,

그녀의 복수는 칼날같이 부드러워서
수렁에서 연꽃으로 피어나
독수리의 부리로
우리의 심장을 쪼며 파헤친다

여인5 - Me Too

남의 담을 넘는 도둑이여,
남의 것을 빼앗는 강도여,

작은 힘에 술 취하여
역겨운 탐욕의 마음으로 탐하고
더러운 소유의 손으로 겁탈하는구나!

천지(天地)에 주인이 있어서
사람은 향기로 거듭나게 하고
사랑은 기도로 개화하게 하나니

주인이 허락하지 않은
아름다움을 꺾어서 짓밟은
분노의 소리를 어찌 감당하려나!

삶은 우리에게
사랑으로 생명을 주고서
뿌린 대로 거두게 하는 것을 모르는가!

여인6 – 어미 캥거루

살결의 가죽 주머니로
유치원은 단박에 뛰어오르고
초등학교로 학원으로 달음질하고
중·고등학교로 야간에도 뜀박질하여

괜찮은 실력으로 대학교로
사내라고 군대까지 실어 나르며
입 다물어지지 않는 가죽 주머니는
졸업하고 취직하면 쉴 수 있겠지 하였지요

하지만, 이력서 들고서
세상에 풀어 놓을 자리를 찾아서
취직하고 장가보내는 그 날을 향하여
세상 살아가는 시범을 보이며 껑충 뛰고 있네요

또, 껑충, 껑충
또, 꺼엉충, 꺼엉충

여인7 – 겨울에는 그녀가 있다

봄을 사모하는 계절
시작의 문이 다시 열리는 곳
그곳에 가면
새 생명을 잉태하고 누운 그녀가 있다

가시를 가시라고 하지 않고
너와 나의 모든 경계를 허물어 버린
그곳에 보면
흑암의 밤을 지새우는 그녀를 볼 수 있다

삶을 일구는 손길에는
있으면 좋고 없으면 없는 대로
그곳에 서면
삶의 능선을 따라 걷는 그녀를 만날 수 있다

지열이 떠나가 버린 대지를 품어 버린
그녀를...

여인8 - 그녀가 보인다

지천명의 천둥이 울리던 날
집과 가족이라는 울타리 안에서
사라져 버린 듯 잊어 잃어버린 듯
함께 일어서고 눕는 그녀가 보였을 때

내 삶 속으로 뛰어든 그녀
바람에 나부끼는 연약한 그녀
고진감래의 인내를 켜고 있는 그녀
해와 달과 별 같은 그녀의 얼굴이 보였다

자식을 부둥켜안은 어미의 기다림으로
소용돌이치는 어둠의 반란을 잠재우며
사랑이라는 꼬리표를 붙이고서
엄마라는 이름을 물고 서 있는

메마른 가지의 어깨를 도닥여
얼어붙어 버린 손을 잡고서
25년간의 어둠을 건너
처음으로 돌아오며

수평선 끝에 다다를 때까지
푸른 파도에 새겨 넣는다
"그대만을 사랑하리라."

여인9 - 빗방울의 사랑

빗방울 하나가
땅바닥에 부딪혀 분화하는 그 순간까지
절망에서 마주친 절벽을 기어오르면서
얼마나 많은 자신을 내려놓아야만
미련의 손 놓을 수 있었을까?
미지의 암흑에서 몰아치는 두려움
도망치고 싶어도 못 박힌 발
생을 포기한 듯 활강하는 건
빗방울의 새하얀 눈물
땅바닥에 누워서 흘러가는 건
빗방울의 토막 난 사체
무너져 내린 가슴을 뜯어 먹는
즐비한 생명들의 숨소리로
사랑은 또다시 흐르고
그곳에 꿈이 자란다
꿈이...

여인10 – 바람 하나가

밤의 골짜기에서
거친 몸부림으로 방황하는
낙엽 위로 바람 하나가 앉았다

낙엽을 부둥켜안고
자신의 피로 수혈을 하듯
찢어진 하늘을 안고 있었다

차마 놓을 수 없는 손
낙엽과 함께 떨어지는 건
아픔을 사랑한 가난한 마음이었다

할 수 있는 게 없어서
힘없이 축 늘어진
내 손을 잡은 그대의 애심이었다

여인11 – 대해(大海)의 가슴

바다의 물결들이
바위에 부딪혀 알알이 깨어지면
파도의 몸부림에 내 마음도 무너져 내린다

바다의 함성은
사랑을 가슴에 담지 말고
거부 없이 받고, 소리 없이 주라고 한다

바다의 눈빛은
살아라, 살아라, 아파도 살아라 하며
거친 손자국으로 나의 아성(牙城)을 할퀸다

태풍을 품은
대해(大海)의 가슴처럼
파도를 바라다보며 그렇게 살아라 한다

여인12 – 춤추는 파도

춤바람을 타고서
어허야 어허
하얀 손 굽이굽이 휘젓는 손짓,

어깨춤에 취하여
사알랑 살랑
치마를 휘날리듯 날으는 몸짓,

이 밤에 안길 듯 말듯
두리 두웅실
버선발 살짝 드러내는 춤사위,

추임새 넣는 파도의 노래
떼창 소리에
흥에 겨운 바위도 손뼉 없는다

여인13 - 등대의 애수

누가 여기에다가 불빛을 심었을까?
한가로이 노니는 파도는
편지를 구석구석까지 실어다 나르고
높고 낮음 없이 한 몸을 이루어 살아가는
자신을 내어주며 이름을 내걸지도 않고
욕심 없이 살아가는 곳에서
애절히는 등대는
흔적을 남기지 않는 바닷길을 열어 주고
인적 없는 벌판을 지키는 허수아비 되어
밤하늘의 별처럼 눈을 부릅뜨고서
사람을 기다리는 망부석으로 섰네!

누가 여기에다가 희망을 세웠을까?
가난한 마음을 실어
위태롭게 밤하늘을 걷고 있는 이에게로
어둠에 점령당한 가슴을 밝히려고
눈을 뜨는 등대는
풀벌레처럼 주저앉은 이에게로 다가가
두 손을 꼬옥 잡으며
'우리 함께 가 보자!'
거센 해풍에도 눈을 감지 못하고
나침판보다도 더 정확한 지침서가 되고

이정표가 되어 묵묵히 서 있네!

설움의 눈물이 흐르는 곳
기쁨의 샘물도 샘솟는 곳
고요의 정적이 일렁이는 곳에서
등대의 백마는 내 가슴을 향해 달린다

여인14 - 소낙비

햇볕은 쨍쨍하게 내리쬐는데
천둥이 울리고
돌멩이 하나둘 날아들더니
소낙비 되어 무섭게 쏟아져 내려요

젖가슴, 아랫배, 넓적다리를
핥듯이 보고는
누군가 던진 돌팔매에
소낙비 되어 퍼부어 뒤엉키고 있어요

알몸 위로 소낙비의 칼날은 퍽! 퍽!
튀어나온 살점의 윤곽들
허연 뼈와 날아간 이빨들
솟구치는 피가 빗줄기 되어 흘러요

팔베개해 주던 씨앗의 주인은
유령 인간으로 떠돌고
짓밟힌 꽃밭을 애도하듯
개새끼도 돌 하나 얹어 놓고 가네요

여인15 - 사람의 변심을 위하여

욕망은 사랑으로
우리를 묶어서 제한된 공간에 가두려 하여도
사랑은 묶을 수 없는 것이라서
자유롭게 떠나갈 수 있으니
사랑이 떠나갈 때면 떠나가게 하자

한번 핀 꽃은 계절의 뒤를 따르고
변하지 않는 것은 사랑의 그림자뿐이니
우리의 애정도 시간과 더불어 그렇게 떠도는 것
아름다운 미소로 시든 꽃잎일랑은 떨구어 주자

변심한 사람에 매달려 세월을 되돌리려 하는 건
오고 가는 사랑에 대한 도리가 아니니
사랑은 부드러워서 바람이 부는 대로 날아가니
오는 사람을 반기듯 가는 사람을 잡지를 말고
떠나갈 때는 스스로 떠나게 놓아 주자

사랑은 기둥이어서, 중심이어서
떠도는 행성들을 이끌어 당기는 중력과 같이
거부할 수 없는 자력으로 흐르는 것이라서,

제9부

가을이 오면

「농투사니의 하루」

가을이 오면

야생화도
찬 기운이 스치면
세월의 무게를 떨구고
펼쳤던 손들을 거두어들이며
뿌리로 돌아갈 채비를 하는데,

나의
때 묻은 야망의 가면은
언제 어디에서
때가 되어
벗어 놓을꼬!

가을날의 생애

바람이 분다
엽록소가 소멸한다
얼굴을 가릴 수 없다
숨구멍에 이슬 고드름이 맺힌다
빛의 희망마저 멀어짐을 직감한다
언제부턴가 생각되었다
생의 끝자락인가!
막혀 가는 숨통으로 몸부림친다
고통으로 일그러진 혈색이 묻어난다
얼굴색이 노오랗게 질식해 간다
불그스름하게 우락부락한다
검은색을 띠기도 한다
산소 부족의 현상이다
작은 것들이 먼저 죽어 간다
상처는 다시는 회복되지 않는다
앓는 소리는 깊은 잠 입구에서 서성인다
예감은 언제 빗나간 적이 없다
뚝!
낙엽 한 장이 떨어진다

살고자 하는 헛된 욕망도 사라지는
시린 바람은 누구에게나 언제나 불고 있다
여기에서 거기까지는 거리는 얼마나 멀까?

가을날의 유혹

살랑살랑
낱알을 익히려는
따가운 햇볕을 피하여
속살을 매만지는 시원한 손길에

무성한 잎들은
마른 몸을 내맡기어
손을 흔들어, 가지를 흔들어
바람의 춤을 추는 가을의 산천은

잠시 머물다가는
바람의 품에 안기어
밤에도 술 취한 노랫가락은
볼륨을 높여 뿌리를 뒤흔들어

한기에 항복하여
뚝뚝, 피붙이들 떨구어도
마음마저 고개 숙일 수 없다는 것을
저 고목들은 알고 있으려나?

가을의 길목에서

바람결에 쓰러지는 낙엽 하나를 잡으니
혼백이 떠나 버린 시체는 예쁘게 차갑다
책갈피를 만들어 보관할까?
휘익!
뇌 돌아가는 소리에 잠시 머뭇거려
아름다웠던 꽃들은 향기마저도 날려 보내고
젊은 날의 잎사귀들은 이미 사라지고 없는데
남은 것은 이 껍데기의 찢기어진 조각뿐
이 추억들을 주워 모아 가슴에 불 지피려나
지나간 것과 지나갈 것들에 마지막 자유를
무정스럽게 던져 놓고 뒤돌아서는데
퍼억!
내가 나를 던졌듯이
내가 낙엽 되어 떨어지는 소리 울려온다

가을 타는 남자

가을의 기슭에서
가슴이 저려
구멍 난 서러움이 울컥할 때,

달빛의 온기마저
빼앗는 공포
두려움에 잡혀서 떨어야 했다

찬 이슬 아래 누운
단풍의 물결
연인의 손을 놓아 버린 흔적

가을의 가슴에는
갈 곳이 없는
길 잃은 상처들을 뒹굴고 있었다

아,
내 사랑을 잃은 듯
흐느끼다 쓰러져 눕는 날들이여!

가을의 향기는 아프다

한해살이가 지나가고
어느새 가슴에 찬바람이 안기니
아마도 영혼에도 황혼(黃昏)이 찾아왔는가?

흩어지는 기억 속에서
청춘의 날에 뿌려진 모든 것들이
밀알의 알맹이로 옷을 벗고 되돌아오는데,

따가운 햇볕 아래에서
앙상히 드러나는 알몸에는
채찍 맞은 상처의 자국으로 얼룩졌구나!

잔인한 날이 되어
색 바랜 청춘의 향기는
회한(悔恨)의 눈물만이 한숨으로 남았구나!

낙엽의 자락(自落)

계절에
몸을 맡긴 듯
긴 여정의 끝자락에서
짙은 화장(化粧)으로 마지막 춤을 추며

하늘을
땅에 묻으러
다시 돌아옴 없는
자유의 문을 활짝 열어 펼치는데

아.
바람이 불어
내 심연의 골짜기에도
고운 꿈들이 흩어져 돌아서 앉았다

다음 생애에는

여명이 눈뜨기 전에
나뭇잎 끝에 매달린
이슬방울 하나
뚝!

몸을 잃은 나는
장자*의 꿈속에서
나비 되었으면 좋겠다
꿈결같이……

---
* 중국 전국시대의 사상가

길

태양과 별과 바람과 고목에 이르기까지
이루지 못한 그것이 남아 있길래
생의 미련으로 돌고 돌아,

햇빛에 젖은 길을 걸어가면서
스스로 의미를 부여하여
주워 온 두 다리로
흙먼지의 생을 부여안고
원하든 원하지 않는 길이든
가시밭길이든, 포장된 도로이든
시궁창에서 연꽃으로 피든 상관없이
이유를 알지 못하면서도
생의 길을 마치기 위해
가야만 하듯
이정표 없는 곳에서도 길은 열리고
생의 도착지에서도
그 후의 길로 질주하여야 한다면
풀벌레 소리와 함께
노래와 춤의 길 위를 걷고 싶다

추풍낙엽

길거리에 추워서 옷 벗은
가을의 흔적들을 주워 담는다

차가운 비바람의 폭격에
지난밤 얼마나 몸서리쳤으면
온몸은 피멍의 그을림으로 성한 곳이 없다
비틀어진 모가지는 바닥에 처박히고
살점이 떨어져 나간 사지는 찾을 수 없다
버림받아 나부끼는 삶의 뒤안길에서
삶의 의미를 스스로 잘라 버린 몸뚱이들을
피의 바다에 널브러진 사체를 건져 올린다

사의 찬미는
화인 맞은 양심의 도피처
시체들의 무게를 줄이려는 미사여구
보고 싶지 않은 것들로부터의 눈감음으로
울부짖는 몸부림을 외면했던 죄책감이 아닌가?

눈을 뜨는 새벽에
붉게 얼룩진 죽은 것들에게서
삶의 끄나풀에게서 떨어져 가는 나의 모습을 본다

원점

저것은 가을
내 생애를 태우는 태양의 후예
내 살을 흙으로 돌리려는 몸부림
한 사내를 고독의 구석으로 몰아 피를 토하게 한다

땅을 보고, 하늘을 보고,
세상도 보고, 자신도 되돌아보았건만
한 걸음도 뛰지 못하고 제자리에서 빙빙
허송세월에 젖어 버린 회상의 칼날이 심장에 꽂혔다

밤낮의 쳇바퀴는 멈추지 않아
물레방아 뼈마디 삐걱대는 소리 울려도
허공에 펼쳐진 빈손 거두어들일 틈도 없이
나그네를 벌하는 칼을 뽑아 가던 길을 내달린다

오늘도 몸과 마음을 수탈당하고
다시 원점으로 되돌아가는데
"나는 무엇을 보았는가?"
그 파국의 그림자가 검고도 길게 눕는다

고목 앞에 서서

한 세상을 잠재우며 훨훨 날아가는 고목에서 불타는 향취를 맡으며 깡마른 밀어를 듣는다

네모도 세모도 아닌 둥근 원형으로 몸을 다듬을 때까지 얼마나 많은 수난사를 허락하였을까?

저렇게 곧은 자세의 선승으로 숨넘어가기까지 얼마나 많은 가지치기를 스스로 하였을까?

스스로 움켜잡은 가지들을 톱질로 떨구어 버린 상처투성이의 옹이들은 무엇을 낳았을까?

하늘에 닿기를 바라지 않았을 터인데 순간을 살기 위해 발버둥 친 생애는 무엇을 남겼을까?

올려다보는 나를 향해 겹겹이 걸쳐 입은 두꺼운 비늘의 껍데기 하나가 문을 열고 내려다본다

겨울 서시

설한이 잠에서 깨어나
붉은 노을을 미련 없이 쫓아 버렸어요
이름이 없는 것에서부터
푸른 생명의 잎새까지 잡아먹어 버렸어요
질긴 잡초는 어디에, 만개한 꽃들은 어디로
젊은 청춘이 없는 것이 어디에 있으며
겨울에 생이 남긴 것이 무엇이 남았나요?
백만장자의 소유는 어디에서 찾으며
왕후장상은 어디로 갔나요?
텅 빈 하늘이 우리의 생명도 거두어 갈 거예요
삶에 불을 지펴 뜨겁게 안달하며
깊게 호흡하며 삶을 토해야 해요
나의 생애도 한파에 쓰러지기 전에
내가 뿌린 씨앗들의 열매를 거두어야 해요
삶은 살아 있는 자의 것이니까요
삶은 사랑하는 자의 것이니까요

텅 빔의 충만

여명의 산모가 빛으로 분주할 때
내 사랑의 어머니
어둠은 나의 형체를 낳으셨도다

희미하게 다가서는 빛의 눈동자 속에
눈뜨는 나를 내던지고
탯줄을 잘라 놓고 떨어지는 손

사랑과 죽음 사이에서 침묵의 소리가 들린다

자신의 날개를 접어 가면서
마지막 젖샘을 온몸으로 비틀어
나를 낳아 생을 불러 놓고서는 물러가셨도다

아!
사랑은 형체를 바꾸어도
순간에서 순간으로 흘러가더라

나는 울었다

시작은
이 세상에
울음으로 문을 열어

처음엔
어둠 속에서
배고픔으로 울었고

다음엔
나를 위하여
사랑 앞에서 울어

그리고
세상살이의
힘겨움으로 울었고

지금은
안녕을 염원하는
기도의 눈물을 흘려

내일은
떠날 채비로
눈물을 거두는가!

제10부

스승님의 발아래에서

「시간의 집 4」

스승님의 발아래에서

텅 비운 시공에서
있는 듯 없는 듯
그렇게
다 채워진
스승님의 눈빛,

살며시 눈 감은
스승님 발아래에서
무릎을 꿇어
오체투지를 하며
발에 입 맞추는 미소,

침묵의 꽃 아래로
샘솟는 소망은
깊은 심연에 빛을 밝힌
당신의 영혼처럼
당신을 닮아 가게 하소서!

꽃의 비 내려

꽃의 비 내려
수를 놓고 있었다

두 손을 모으고서
무릎을 꿇고
머리를 조아리니
한 겹 한 겹씩
업장을 무너지듯
밑으로 갈 때
봄의 눈이 녹듯이
허물어지며
빛으로 달려가는
나의 번뇌는
저 스스로 미혹된
혼돈을 깨쳐
빈 곳을 물들이는
무심의 향기로,
시공(時空)의 바다 위로
꽃의 비 내려
수를 놓고 있었다

침묵의 꽃

내 안에 있는
내가 너무 무거워도
내가 너무 미워져도
아무것도 없는 듯
눈감은 세상,

나의 자아는
내 안의 나와 함께
마음의 족쇄를 풀기 위해
내 안의 나를 찾아서
고요의 길 떠나면,

나는야,
있는 듯 없는 듯
빈 그곳의 무색 세계로
무한의 공간으로
따라서 가고,

내 안의 내가
떠나간 자리에
침묵의 꽃 피어나고
고요의 향기가
나비 된다

사랑의 향기

그대 삶의 향기가
하늘 향한 문을 열어
나에게로
사랑의 낙화를 한다

어두운 가슴에 닿아
한 마리의 나비 되어
세상으로
스스로 날갯짓한다

지천(地天)이 돌고 돌아
사랑 꽃피우는
지구의 자전을
누가 막으리오

노(櫓) 젓기

생각의 늪에서
사색의 노(櫓)를 저어
그 끝을 알지 못한 채
사념의 물결이 구름처럼 흘러

그 생각들이 나의 올무가 되고
그 상념들이 나의 씨앗이 되어
그 망상들이 나를 허무케 하며
그 파도들에 나는 나를 잊으니

시간이 지나면
구름은 흔적이 없고
나는 아무 데도 가지 않아

이제는
노(櫓) 젓기를 멈추어
떠돌이의 여행을 멈추고 싶다

길 없는 길

아무런 흔적도 없는
끝없이 펼쳐진 하늘 아래에서
지금 내 영혼의 발이 닿는 곳이
흔들리고 넘어져도 포기하지 않는 한
그 길은 나의 길

찰나의 순간처럼
생은 끊임없이 흐르기에
지나간 사람은 찾을 수 없고
처음으로 내딛는 낯선 발걸음은
끝없는 창조의 길

좁고도 험한 생에서
어떠한 길을 걷게 될지
한 치 앞을 모르는 채 가는 것이
인생의 묘미(妙味)이기에
길 없는 길

꿈결 같은 세상에서

새벽이
잠에서 깨어나면
나의
새로운 날은
파도를 타듯이 밀려오고,

어두움이
세상을 안으면
나는
또 다른 세상으로 달려
꿈의 향연은 계속 이어지고,

내일, 또
여명의 문이 열리면
세상은 기다리고 있을 터
나는야
미몽(迷夢) 속에서 살다 가는가!

꿈꾸는 자

고요한 밤 속으로 걸으며 기억의 끄나풀로 하나, 둘 건져 올려 윤곽이 흐린 것들은 흘려보내고 망각 속으로 사라지지 않고 기다리고 있는 대어들을 데리고 돌아온다

달아나는 기억들에 뼈마디 없는 하얀 손으로 회상의 옷을 입히고 생각과 감정의 손으로 흙의 살을 붙여 달팽이 위의 두 더듬이의 촉으로 숨결을 불어 넣으니 활자처럼 되살아나 핏줄을 따라 전신으로 흐르며 때로는 뭉클한 아픔의 전율과 아름다운 이야기들이 나비처럼 날아오른다

불 꺼진 방 안으로 한기가 스며들어 뼈마디로 쑤셔 드는 불청객은 기억의 놀이를 멈추어 메말라 가는 가죽을 바라다보게 하여 꿈의 나래를 펴는 자의 어깨를 떨어뜨린다

아, 아침이 와서 내 살을 갈아 먹어 치우기 전에 봄날의 입 벌린 꽃잎처럼 목을 축이며 즐겁게 살아야지 하지만, 마지막 그림자를 붙잡은 꿈꾸는 자의 한숨 소리가 이불을 잡아당긴다

아침을 맞이하며

햇살이
나의 무지(無智)를 일깨우며
하늘 눈동자로 달려오누나!

오소서, 오소서.
기다리는 가슴으로
빛의 사랑으로 넘치게 하소서!

당신의 얼굴로
나의 마음을 품으실 때
영혼의 날개를 가벼이 흔들게 하소서!

가소서, 가소서,
처음으로 되돌아가실 때는
그대와 하나가 되어 동행하게 하소서!

잠의 초대

달콤한 입맞춤으로
내 눈까풀이 감기기를
내 정신이 몽롱해지기를
어두움이 물고 온 초대장이
잠의 불길에 타오르기도 전에
햇살의 부역으로부터
떠도는 사념의 방랑으로부터
자유라는 순백의 마음을 부여받아
삐걱거리는 고통의 소리와
혼란의 머리를 버려두고서
죽음을 맞이하듯
그렇게 버려진 듯하지만
모든 이름과 소음의 손을 놓으며
내가 나를 잃고서 나를 얻는 곳
내가 나를 버리고 내가 되는 곳
백기를 들고서
초대의 길 찾아 서성인다

나의 신은

오, 들리는가? 보이는가? 한 여름날 폭풍의 서막은
바다는 거친 숨소리의 회오리로 깊은 평화를 던져지고
육지는 두 손으로 뺨을 얻어맞아 정신줄을 놓은 듯
칼날을 휘두르며 달려오는 거대한 태풍의 몸짓 앞에
삶의 터를 버리고 떠나는 줄행랑의 피난길 짐승들이여,
겁먹어 옴들싹 못 하는 두려움에 가득 찬 눈동자들이여,
도망도 숨지도 못해 삶의 뿌리가 뽑히는 흙의 자식들이여,
힘없는 생명을 채찍으로 훑어 극심한 고통의 비명 소리여,

아, 어디에서 왔는가? 흑암의 고통의 손길이
바람이 삼켜 버린 상처 위로 피의 눈물이 흘러도
나뒹구는 시체는 누가 있어 남쪽 하늘로 거두리 가리요

나의 신은,
나의 찢어지는 가슴일랑은 상관없이 침묵으로 일관하고
애절히 기도하여도 어떠한 대답도 모습도 보이지 않는다
생명은 어디에서 왔는지 모르듯 있는 듯 없는 듯 무심한 듯
고아처럼 버려진 나는 나의 길로, 당신은 당신의 길로….

오! 가련한 나의 신이여, 당신은 어디에 계신가요?
당신은 숨어 버린 겁쟁이, 비겁한 살육자입니다
아니면 당신은 내 삶의 방관자일 뿐입니다

기다림의 목마름으로 나는 선언합니다
"나의 신은 나를 영원히 버렸다."
내 영혼의 기억 속에서 당신을 지워도
태양은 뜨고 지구는 돌고 나는 존재하여요

나는 사랑이라고 쓰네

새벽의 문이 열리면
저마다 태양의 눈빛 아래로 나아가며
직선이 아닌 구불구불한 난제의 길 따라서
우울하면서도 우울하지 않게
먹이를 실어다 나르는 개미들의 행렬
일자리를 찾아서 줄지어 기다리는 사람들
아니면, 장송곡을 마음으로 부르며 길 떠나는
무거운 행군과 같은 행진을 거듭하는 날들
한숨의 하얀 재가 될 때까지
멈출 수 없는 날갯짓
술병처럼 알맹이를 잃어 가는 나날들 속에서
채워도 채울 수 없는 욕망으로
계단을 오르며 속을 태우면서도
실낱같은 뿌리 하나가 살아서 숨 쉬는 것
나는 사랑이라고 믿네

저 먼 하늘을 향해 머리를 두고
대지 위에 서 있는 그 날까지는
제 뼈의 기름을 뽑아다
제 살을 굽는 땀방울로 불태워서
나는 사랑이라고 쓰네

내면의 연꽃

오직 홀로
불 밝혀야 하는 시간,
그리고
나의 생각은 공허한
새가 되어 날아오른다

눈을 감으면
어두운 파도의 노래,
그리고
나의 마음은 나락으로
꽃잎을 흩날리는 불꽃이 된다

달의 집을
바라다보는 미소,
그리고
나의 숨결의 향기는
소리 없는 불꽃으로 타오른다

사랑의 미소는
침묵의 또 다른 몸짓,
그리고
마음을 넘어서는 평화는
잔잔한 심연의 연꽃으로 피어난다

그날이 오면

안개 속에서
시간의 외줄을 타듯이
조용히… 또 조심히
비틀거리는 몸을 간추려 보자

비상을 위한
나비의 날갯짓처럼
살며시… 또 가만히
번민하는 마음을 잡아 보자

그날이 오면
빛의 가슴에 안기리니
지금의… 이 순간은
시련의 아픔일랑은 묻으며 가자

희망의 불씨

희망의 불씨가
찌그러진 주전자처럼
가슴 깊숙한 곳에 숨어 버렸다

코끼리의 몸통에 짓눌려
절망 속으로 고개를 숙여 버린 희망은
스스로 일어서야 하는 이유를 찾고 있었다

그래. 가자.
멸망한 제국의 왕이 주저앉을 때
함께 꺼져 버린 듯한 희망의 불씨가
시작의 발과 함께 꿈을 가져다주었다

내가 내딛는 이 길이
처음의 시작이요 끝인 것을
만들어진 길이 어디에 있는가?

나 떠난 후에

이 아름다운 지구의 행성에서
세상사의 인연이 다하여
헤어지는 때가 오면
슬퍼하지도, 원망일랑은 말아라
그것은
내가 가는 곳을 모르기 때문이다

자유의 길을 찾아서 나서는 길
축복으로 기도로 노래 부르고
사랑의 눈물보다 더 깊은 것은
자유의 깊은 눈망울일지니
지금의 그리움보다는
자유의 꽃의 향기를 맡으면서
어떠한 법에도 구속되지 말지니
자유의 바람 속에 나 또한 던져 버릴지어다

나그네에게 술 한잔 권하고
결코, 되돌아옴도 없고
태어남도 없고, 죽음도 없는
저 빈 하늘이 되어서
나를 잊어 주기를 바란다
나를 위하여가 아니라

너희들을 위하여,

생명의 법칙에 따라서 살고 죽는 것
움직이는 인식에 의지하지 말며
너희들의 진실한 가슴의 느낌에 귀 기울이며
변명거리를 찾지 말며
스스로 선택하며 책임지는 삶의 주인이 되기를

삶은 왔다가 가는 것이 아니라
삶은 스스로 삶을 살아가는 것
자연의 흐름에 모든 것들을 맞기고
인간은 언제나 "자유롭다"라는 것을 기억하고
세상 안에서 살다가 죽지를 말고
스스로 선택하고 스스로 홀로서기를,

자신이 쳐 놓은 올무 외에는
아무도 자신을 괴롭히지 않는다

나가는 곳을 안다면
너 있는 곳을 안다면
상심하지도 슬퍼하지도 않을 터….